OTRA MÁSCARA
DE ESPERANZA

ADRIANA GONZÁLEZ MATEOS

OTRA MÁSCARA DE ESPERANZA

OCEANO   HOTEL DE LAS LETRAS

Parte de esta novela fue escrita durante un año sabático otorgado
por la Universidad Autónoma de la Ciudad de México,
entre marzo de 2013 y marzo de 2014.

Editor de la colección: Martín Solares
Diseño de portada: Manuel Monroy

OTRA MÁSCARA DE ESPERANZA

© 2014, Adriana González Mateos

D. R. © 2015, Editorial Océano de México, S.A. de C.V.
Blvd. Manuel Ávila Camacho 76, piso 10
Col. Lomas de Chapultepec
Miguel Hidalgo, C.P. 11000, México, D.F.
Tel. (55) 9178 5100 • info@oceano.com.mx

Primera edición: 2015

ISBN: 978-607-735-425-3
Depósito legal: B-18727-2014

Hecho en México / Impreso en España
Made in Mexico / Printed in Spain

9003929011014

A mi abuela, que hace muchos años me enseñó una foto de Esperanza y me habló de esos días, cuando se procuró que el hallazgo del cadáver no llamara la atención.

Todo lo que haces, lo que has hecho, es hermoso y notable. Pero por favor, mañana —o aún mejor, esta misma noche— hazlo completamente distinto. Quizá se volverá aún más notable, quizá vas a destruirlo. No importa. Sólo hazlo distinto, no seas conservador, o te volverás árido y estéril...

B. TRAVEN

1

YA PARA LAS DOCE DEL DÍA DE ESE DIECINUEVE DE septiembre Roberto Figueroa había confeccionado un relato verosímil, capaz de satisfacer a sus inquisidores, ante todo a Marco Tulio Aldama, el agente del Ministerio Público encargado de investigar la muerte de Esperanza. Desde las primeras preguntas lo impresionaron los titubeos del viudo. Seleccionaba las frases como si suturara con ellas un agujero doloroso. Pudo ver el esfuerzo con que buscaba la coherencia.

Había subido la escalera, le dijo a Aldama. Se interrumpió, la voz a punto de quebrarse. Lo vio absorto en las pequeñeces: los dibujos de la taza, una abolladura en el plato. Buscó el amparo del café.

Había subido la escalera tratando de no hacer ruido porque no quería despertarla. Últimamente su esposa se había vuelto muy sensible, despertaba por cualquier cosa y luego le costaba volver a dormirse. Así que dejó a Gabriel en esa misma cocina donde se encontraban ellos dos, y subió con gran cuidado, ahogando el sonido de sus zapatos contra los escalones.

—¿Por qué estaba aquí el señor Gabriel Figueroa?

El viudo movió la cabeza. Le temblaban las manos:

—Gabriel es mi hermano. Vive con nosotros desde que Esperanza y yo nos casamos.

Se anticipó a la siguiente pregunta:

—Siempre hemos sido muy unidos, nos quedamos huérfanos desde muy chicos. Conocimos a Esperanza y a Fito casi desde entonces. Su mamá era prima de la tía que nos crio.

—¿La señora y usted eran primos?

El viudo asintió:

—Primos lejanos. Hemos vivido los tres juntos toda la vida.

Dejó de hablar, entristecido. Aldama no quería ser rudo con él, pero tantos rodeos lo impacientaban.

—¿Qué pasó anoche?

Roberto tomó la taza como si buscara un refugio. Podía contar los hechos sin contradecirse, pero sólo hasta cierto punto. Luego todo se llenaba de sangre. Su cabeza parecía ocupada por tres palabras que no acababa de asimilar. Con trabajos lograba distraerse: se servía café, respondía a las preguntas; luego volvía a mirar al agente y las pensaba de nuevo, con gran esfuerzo, como si estuvieran en un idioma desconocido, que no sabía pronunciar: *se murió Esperanza*.

Había subido la escalera. Recordaba la oscuridad de la recámara pero no conseguía atrapar los detalles. No podía explicar cómo se había dado cuenta de que estaba pisando un charco, ni el desconcierto de esos primeros segundos, cuando rechazó la idea horrible de estar caminando sobre un vómito. Al fin consiguió prender la lámpara.

La imagen de una masa sangrienta de la que escapaban desordenados mechones rubios no se le iba a olvidar nunca.

Su cara se endureció para contener las lágrimas. Aldama se acercó un poco, pues costaba trabajo entender sus palabras:

—Usted no sabe cómo era mi mujer: una preciosidad. Desde que era una niña de trenzas. Su cabello dorado, esa ráfaga que flotaba tras ella cuando andaba a las carreras... ¿Por qué dejó que se le llenara de coágulos? —se tapó la cara con las manos y dejó de hablar.

Aldama estaba encendiendo un cigarro, pero hizo una pausa para mirarlo.

Escuchó su respiración irregular, vio su esfuerzo por controlarse: la tensión en los dedos engarruñados, la espalda encorvada. Por fin volvió a alzar los ojos, tratando de olvidar los ruidos que venían del piso superior: dos peritos se afanaban en la recámara, tomaban fotos, determinaban la posición del cuerpo, buscaban objetos derribados, examinaban una mancha sangrienta en la pared.

—Tiene usted razón, señor Figueroa: ¿por qué no se habrá recogido el pelo?

El viudo se talló la frente, inseguro.

—Se lo cuidaba mucho. ¿Cómo voy a saber lo que estaba pensando? Yo jamás creí que fuera a suicidarse.

Hizo una pausa porque otra vez le falló la voz. Aldama le explicó con mucha paciencia:

—Las mujeres rara vez se pegan un tiro. Casi todas prefieren otros métodos: la mayoría se toma una dosis excesiva de algún medicamento, otras averiguan cómo preparar veneno en su propia cocina. Se dice que buscan preservar su belleza aun en la muerte. El caso de su esposa se aparta de lo común.

Roberto movió la cabeza, incapaz de responder a ese alarde de erudición forense.

—Le gustaba dormir con el pelo suelto, después de cepillarlo. Nunca hubiera dejado que se le ensuciara de esa forma.

Apretó los ojos, agotado.

—Tal vez ese gesto fue parte de su destrucción. ¿Cómo voy a saber?

Entre los mechones mojados de sangre había trozos de masa cerebral. Uno de los ojos seguía abierto, mirando con una expresión de dolor que él conocía. Por una pequeñísima rotura del zapato, que hasta entonces no había notado, se filtraba un poco de sangre en su pie izquierdo, que se encogió sin pedirle autorización para escapar del contacto.

Quiso taparla con la colcha pero la soltó al mojarse de sangre. En la mano, en las sábanas. Quiso rechazar la idea de que ella no podía tener tanta sangre en el cuerpo y salió corriendo al pasillo, llamando a gritos a Gabriel.

Desconoció el sonido de su propia voz. Volvió a gritar tratando de que se pareciera a su voz de todos los días. Nunca pudo recordar qué palabras usó además del despavorido nombre repetido muchas veces.

Su hermano menor siempre lo había protegido. Su hermanito. Pero ninguno de los dos sabía vivir sin Esperanza.

2

La cocinera, Delfina, una mujer de unos cuarenta y cinco años, de largas trenzas atadas con listones detrás de la espalda, dormía en un cuarto al fondo del jardín. En algún momento de la noche oyó ruido en la casa. Le pareció que alguien gritaba, pero como no le tocaron se volvió a dormir. No podría decir cuánto tiempo después la despertó el timbre que usaban para llamarla desde la cocina; se vistió a la carrera y fue a ver. Gabriel y Roberto se habían refugiado ahí, incapaces de regresar al cuarto de Esperanza. No podía reconstruir esos momentos con exactitud, pero al fin salió corriendo para avisar en la casa de junto, donde vivían Fito y su esposa Eva. Cuando regresó a la cocina, Roberto estaba buscando el directorio para llamar al Ministerio Público. Esa llamada desencadenó otras; al poco rato tocó la puerta el doctor Pérez Amezcua, un amigo de la familia que había atendido a Esperanza desde el accidente y venía a tramitar el acta de defunción, aunque al poco rato llegó el médico legista. Claro, le aseguró a Aldama, Roberto le podía dar el número de teléfono del doctor Pérez Amezcua si quería hablar con él.

—¿Usted tiene llave para entrar por la puerta de la cocina?

—No, la dejamos pegada, porque estamos entrando y saliendo todo el tiempo: mírela. Anoche, cuando me fui a dormir, la dejé como siempre: cerrada, pero sin llave.

—¿A qué hora vio por última vez a la señora Esperanza?

—Después de cenar. Platicamos un rato antes de que se subiera.

—¿La notó triste, preocupada?

—No. Estuvimos calculando cuándo van a nacer los gatitos de la Griselda, porque mi sobrina se quiere llevar uno.

—¿La señora había tenido algún problema en los últimos tiempos?

Delfina se encogió de hombros.

—Nada del otro mundo. Andaba en mil cosas, era una persona muy ocupada y muchas veces lidiaba con asuntos difíciles, pero estaba acostumbrada. Ya hasta caminaba mejor.

Aldama arrugó la cara en un gesto inquisitivo.

—¿No le habían dicho? Hace como dos años tuvo un accidente y quedó mal de la columna. Pero ya se estaba recuperando. Por lo menos anoche la vi bastante bien.

—¿Sabe si se peleó con su esposo? ¿Tenían problemas de dinero?

Delfina negó con la cabeza.

—Se llevaban muy bien. Él la adoraba, nunca vi que le llevara la contra.

—¿Y ella?

Delfina levantó las cejas y sonrió, como si jugaran a las adivinanzas.

—La señora Esperanza era otra cosa. No le voy a decir que no quería al señor. Pero él no le aguantaba el paso.

—¿Mucha vida social, muchos amigos?

—Ése más bien es Gabriel: él sí es muy fiestero. Así es el

ambiente del cine. Roberto es más callado, y también muy simpático. Siempre se han divertido mucho juntos.

—¿Entonces? No me diga que no tenían problemas.

Delfina torció la boca.

—Tampoco le voy a decir eso. En tantos años que llevo aquí he visto de todo.

—¿Ella lo engañaba?

Delfina rascó una manchita del mantel y lo pensó un poco antes de contestar. Era una mancha oscura, rojiza.

—No, ella no lo engañaba. Él supo todo. Si una vez el otro hasta vino a gritar aquí.

Aldama le pidió otra taza de café para no dar demasiada importancia a la revelación.

—Era un gringo. Guapo, cómo no. Un poco más joven que la señora. Andaba cacheteando las calles de la amargura por ella.

—¿Se acuerda de su nombre?

—El señor Henry. Se le caía la baba. Y a ella no le disgustaba, faltaba más.

La mujer sonrió. Esperanza estaba muerta, pero a Delfina le hacía bien acordarse de esas cosas.

—Quería que la señora se fuera con él. Esa vez vino y armó un escándalo. Esperanza trató de calmarlo, pero Gabriel tuvo que ponerle un alto. El señor Roberto no estaba en ese momento, pero claro que se enteró. Fue de las pocas veces que lo vi ponerse serio con la señora, aunque a los pocos días volvieron a llevarse como si nada. Él no quería pelearse. Le digo que la quería muchísimo. Hacía la vista gorda.

—¿Eso cuándo fue?

—¡Uy, hace años! Pero hace poco el señor Henry le habló otra vez. Yo contesté y apunté el recado, porque la señora no estaba. Una llamada de larga distancia. Desde Nueva York.

—¿Se enteró el señor Roberto?

—Yo no le dije. ¿Para qué me iba a buscar problemas?

—¿Y ella? ¿No estaba sufriendo por eso?

Delfina se encogió de hombros.

—Sí, algo. Hace como un mes la oí hablando por teléfono con él. La vi secarse las lágrimas. Ella no me contaba esas cosas, pero algo pude oír. Le dijo varias veces que lo quería mucho y no lo olvidaba.

S UBIÓ OTRA VEZ AL CUARTO DE ESPERANZA. EL CUERPO emergía a medias entre las sábanas húmedas. *En el piso se aprecian máculas rojizas, al parecer hemáticas, con características de goteo. Una salpicadura en la pared.* Aldama reconstruyó los pasos de Roberto desde la puerta del vestíbulo, atenuados por un tapete también manchado. Se detuvo en el sitio donde se extrañó al no escuchar la respiración de su mujer, donde empezó a percibir algo raro, antes de encender la luz.

A unos pasos de la cama estaba entreabierta la puerta de un balcón minúsculo donde apenas cabían dos macetas de geranios. Tal vez la mujer miraba desde ahí los atardeceres, apoyada contra el barandal de hierro forjado. Había una hermosa vista del jardín. Aldama comprobó que era muy fácil abrir esa puertecita arqueada, asegurada con un pestillo muy simple: no tenía llave ni hacía ruido al abrirse. Desde la jardinera que adornaba las ventanas de abajo no era difícil trepar hasta ahí.

Estaban a mitad de septiembre, saliendo de las fiestas patrias, pero aún no enfriaba demasiado. Quizá por eso estaba abierta la puerta del balcón: Roberto le acababa de decir que Esperanza solía dejarla así. Quizá se sentía muy segura o se había descuidado. Tal vez estaba deprimida y no pensó en eso. Quizá lo mismo debería hacer él: cerrar pronto el expediente.

L E LLAMÓ LA ATENCIÓN LA PISTOLA: UNA COLT CALIBRE 38, modelo detective, que todos reconocieron como propiedad de Esperanza. La tenía colgada junto a su tocador, allí donde otras mujeres cuelgan sombreros o estolas.

—¿Dice que era de ella? ¿No pertenecía a su esposo?

—Era de ella. También el rifle.

A pesar de su desolación, Gabriel Figueroa se dio cuenta de que sus palabras habrían podido causarle gracia a alguien:

—Más de una vez me inspiré en esta recámara para algunas de mis películas, donde salen mujeres con cananas, cargando la 30-30 y montando a caballo. Mi cuñada Esperanza les podía poner el ejemplo. Claro, no daba el tipo, con esa cabellera rubia.

El agente frunció las cejas y le dio un jaloncito a su cigarro:

—En otras palabras, la mató su propia pistola. ¿Por qué no pusieron el arma fuera de su alcance?

—Estuve hablando con ella ayer en la tarde y jamás se me ocurrió que pensara matarse. –Su voz salía de una garganta contraída. Aldama se dio cuenta de que el camarógrafo hacía esfuerzos por no llorar, los cuales endurecían los gruesos pliegues de esa cara más acostumbrada a la fiesta.

—¿No la vio decaída?

—Desde el accidente quedó muy débil. Se lastimó la columna. Ya no podía caminar como antes, andaba con un bastón. Imagínese lo que eso representaba para ella, que siempre fue tan activa. Sí se desesperaba y se quejaba mucho, a veces tenía dolores tremendos. El doctor le aconsejó que se deshiciera de las fotos donde aparecía trepando montañas, nadando o explorando la selva, porque ya nunca más volvería a hacerlo –Gabriel se levantó de repente y caminó hasta la ventana, dando la espalda a Aldama–. Qué manera de animarla, ¿no?

—Quizás hubiera sido buena idea quitarle la pistola.

Gabriel hizo un amplio ademán con los brazos y volvió a encarar a Aldama:

—A nadie se le ocurrió. Yo francamente me hubiera opuesto: ella les tenía cariño a esas cosas.

Aldama levantó las cejas:

—¿Para qué la usaba?

Gabriel se restregó la cara. Sintió cuántas horas llevaba sin dormir. Aunque podía pasar días en la parranda y aguantaba cualquier desvelada, esta mañana era más fuerte que él:

—La tenía por si acaso, como mucha gente. Era muy independiente, le gustaba defenderse sola. No creo que la haya usado.

Aldama procuró tenerle paciencia. Se preguntó cuántas dimensiones de la vida de la mujer habrían sido insospechadas para los dos hombres que vivían con ella.

—¿Para qué tenía el rifle?

—Mi cuñada era muy deportista. Quiero decir, hasta antes del accidente. Le gustaba salir de cacería. Prefería irse a escalar en vez de quedarse a las fiestas.

La emoción estuvo a punto de traicionarlo. Guardó silencio por unos instantes.

—Así fue como se cayó. Estuvo varias horas medio enterrada en el hielo del Iztaccíhuatl antes de que la encontraran. Desde ahí ya no quedó bien.

—Que haya usado el rifle para cazar se lo creo, pero ¿la pistola? Lo que usted dice me parecería más plausible si no la hubiera visto retratada en el periódico. Apenas hace seis meses estaba apoyando a los de Nueva Rosita.

Gabriel hizo un gesto apenado, dándole la razón.

Aldama continuó:

—Ya ve: aunque usted dice que estaba tan deprimida, encontró fuerzas para ir a Coahuila a enfrentarse al general que perseguía a los mineros. Se le puso al brinco.

—Sí –reconoció Figueroa–. Estuvo muy ligada al sindicato y al movimiento.

—Entonces no me diga que tenía una pistola colgada junto a su cama porque no le gustaban las gladiolas.

El camarógrafo lo enfrentó con un súbito arranque de dignidad:

—Mire, licenciado: en esta casa todos somos gente de izquierda. Mi hermano ha desempeñado cargos importantes en el sindicato de telefonistas. Yo llegué a estar en el hospital por una tranquiza que recibí en la lucha por consolidar el sindicato de actores y cineastas. Mi cuñada siempre ha sido... siempre fue nuestra inspiración y nuestra guía en esos asuntos. Tanto Roberto como yo aprendimos de ella la importancia de estar con quienes pelean por lo que es justo.

—¿También les enseñó a tirar? ¿Qué tan bueno es su hermano para disparar una pistola?

Gabriel lo miró desde un dolor tan profundo que Aldama prefirió cambiar de estrategia. Le ofreció un cigarro, pero Gabriel no aceptó. Aldama volvió a guardar la cajetilla y observó que su interlocutor estaba un poco más encorvado desde que comenzó a interrogarlo. Tenía los ojos enrojecidos.

—¿Tenía razones para matarse?

El camarógrafo volvió a sentarse. Tardó en contestar, como si buscara las palabras precisas a pesar del agotamiento, el terror y la pena:

—No sé. Cuando alguien está enfermo tanto tiempo es inevitable hablar de estas cosas: el entierro, el testamento. Hasta dónde quiere uno aguantar. Hace como diez años ella publicó un relato que se trata precisamente de eso: un hombre muy enfermo decide tomar veneno para dejar de sufrir y se despide de sus amigos. Al final su mujer le pone la inyección, muere rodeado por todos los personajes que lo acompañaron en la vida y lo admiran por esta última decisión tan valiente. Por ahí ha de estar, en ese librero.

Señaló distraídamente la pared que estaba a su espalda. Aldama le preguntó si podía mostrarle el libro y Gabriel empleó unos minutos en buscarlo. Era un librero bien surtido de novelas, libros de poesía, obras históricas, una enciclopedia de tomos azules, con letras doradas. Al fin Gabriel sacó un delgado volumen que hubiera sido fácil tomar por una revista. *La carta y el recuerdo*, leyó Aldama. Le preguntó si podía llevárselo y le prometió devolverlo al día siguiente.

—Puede quedárselo, tenemos más ejemplares.

Gabriel llevaba toda la mañana subiendo, bajando, dando órdenes extraídas de una tensión angustiosa. Más tarde le llamaría la atención que ese rato con Aldama fuera el primero en que tuvo un poco de tiempo para pensar.

—El suicidio también forma parte de cierta ética revolucionaria. A veces los militantes se matan para no caer en manos de la policía. O porque ven el fracaso de sus ideales y ya no tiene sentido sobrevivir.

—Eso suena más convincente. ¿Tendría algo que ver con el fracaso de la huelga de los mineros?

Gabriel se resignó a explicarle:

—Fue una lucha muy dura. Meses en que toda la comunidad de Nueva Rosita se unió para protestar contra los abusos de esa empresa rapaz, de capital norteamericano, para colmo. Los huelguistas perdieron sus salarios, la posibilidad de comprar en las tiendas del sindicato, se enfrentaron a una pobreza cada vez más brutal. Por fin decidieron obligar al gobierno a considerar sus peticiones y organizaron la caravana. Miles de personas caminaron desde Coahuila hasta México con los pies destrozados, comiendo apenas, durmiendo a la intemperie, sin un quinto. Después de meses de penalidades el presidente se negó a recibirlos y la huelga fue declarada ilegal. Los pisoteó, se burló de sus demandas. Les dio una bofetada en plena cara.

Aldama sonrió, sarcástico:

—Los periódicos dieron pocos detalles. Lo presentaron como el escándalo de unos pocos revoltosos, unos locos que tuvieron que entrar en razón.

Gabriel asintió y se levantó otra vez para caminar por la sala. A pesar de su agotamiento no lograba quedarse quieto mucho tiempo:

—Como usted puede imaginarse, a ella eso le afectó mucho. Los apoyó desde el principio del movimiento. Incluso desde antes: ella y Eva, su cuñada, establecieron un hospital y una secundaria para los hijos de los mineros. Una escuela donde aprenderían a pensar y a ser ciudadanos. Toda la experiencia que Esperanza había adquirido cuando trabajó en la SEP, donde conoció a muchos intelectuales dedicados a criticar los sistemas de enseñanza tradicional y a crear métodos que favorecieran el surgimiento de la autonomía personal, culminó en la organización de esa secundaria vinculada a un sindicato tan combativo como el de los mineros.

El fotógrafo hablaba demasiado rápido, para no derrumbarse:

—Se encargó de reunir dinero, estuvo pendiente de sus discusiones, apoyó como pudo a los que se enfermaron o tuvieron accidentes, los mantuvo al tanto de lo que se decía por acá. Cuando los mandaron de regreso a Nueva Rosita, tras la derrota del movimiento, estaba muy enojada y muy triste. No sé si se enteró usted: querían subir a los huelguistas en un vagón para las vacas. Hasta el último momento Esperanza siguió recibiendo llamadas y cartas de los mineros. No me extrañaría nada: si usted investiga va a encontrar que siguió en contacto con muchas personas ligadas al movimiento, tanto los huelguistas como gente vinculada a las peticiones de los obreros y la oposición al gobierno.

Dio dos o tres pasos en silencio antes de seguir.

—Estoy seguro de que sí, más de una vez pensó en matarse. Obviamente. Muchas veces hablábamos de la revolución que vivimos de niños: nos tocó la Decena Trágica, vimos la entrada de los zapatistas —sonrió—. Creo que nos impresionaron a los cuatro, a Esperanza, a Roberto, a Fito y a mí: eran diferentes de todo lo que habíamos conocido hasta entonces. Sus caras, sus ropas, la manera de sentarse en el suelo comiendo tortillas, oírlos hablar en su lengua, verlos sacudirse el pulque de los bigotes. He tratado de recuperarlos en muchas películas.

Suspiró, triste de nuevo:

—Ahora el gobierno gira a la derecha. Ella oscilaba entre la voluntad de sostener sus ideales y dejarse llevar por la sensación de derrota. La muerte y el suicidio eran temas naturales en esas circunstancias, eran parte de lo que ella estaba viviendo, de lo que cada uno de nosotros necesitaba asimilar para seguir adelante. A veces se despertaba de buen humor y la oía cantar. Nunca creí que pensara hacer esto, y nunca me lo voy a perdonar.

De repente volvió a sentarse y lanzó una mirada en torno, buscando apoyo.

—¿No quiere un whisky?

—No, gracias. Estoy trabajando. Pero usted tómese uno.

—Ahorita que terminemos. ¿En qué más puedo servirle?

—¿Nunca mencionó ella que tuviera miedo, que alguien estuviera amenazándola?

Gabriel lo miró como si se encontrara dentro de una pesadilla. Hizo un esfuerzo por entender la pregunta.

—¿A Esperanza? Usted no tiene idea. Siempre fue una mujer muy querida y admirada, rodeada de afecto. Y además muy valiente. Ya vio la pistola. Lo que no puede ver –aquí la voz estuvo a punto de traicionarlo– es su inteligencia: ella tenía una visión muy aguda de los acontecimientos, pues no sólo estuvo en contacto con los huelguistas; también podía levantar el teléfono y pedir citas con gente muy poderosa, que estaba de su lado y podía aconsejarla, hacerle recomendaciones, protegerla.

—¿De quién me habla?

—De joven, mi cuñada trabajó en la SEP durante el sexenio

de Cárdenas. Ahí entró en contacto con muchas personas; se vinculó con gente clave de la izquierda. La SEP era un refugio donde convergían europeos que huían de los nazis, intelectuales y activistas escapados por milagro de los campos de concentración, gente muy comprometida con la construcción de un mundo distinto, militantes mexicanos empeñados en hallar opciones para el país. Hasta con el general Cárdenas estaba en muy buenos términos.

Aldama daba la espalda al librero.

—¿Entre ellos estaba alguno de los políticos que trabajan con su hermano?

Gabriel hizo un gesto evasivo.

—¿Con Adolfo? Le digo que Esperanza se dedicó a la política casi desde que era una niña. Conocía a mucha gente. Realmente no conozco muchos detalles, pregúntele a él.

—Dice usted que oyó el disparo.

Una vez más las facciones del fotógrafo estuvieron a punto de naufragar en las lágrimas.

—Lo oí, pero pensé que era un cohete. Alguien que seguía celebrando el grito.

—¿Tres días después?

Gabriel sacudió la cabeza, abrumado.

—Ya sé. Oí el ruido y apenas pensé en eso. Sólo más tarde me acordé y entendí que había sido el tiro. En ese momento seguí platicando con mi hermano, jugando, tomando mi whisky –tragó saliva–. Si hubiéramos subido en ese momento quizá…

Aldama negó con un movimiento vigoroso de la cabeza.

—Murió en cuestión de segundos, no había nada que hacer.

—Si hubiéramos subido antes… La invitamos a jugar con nosotros, pero dijo que estaba exhausta. A veces era así: le gustaba encerrarse, darse su tiempo para pensar, para estar sola. Y yo nunca me imaginé.

Dejó caer la cara entre las manos y la restregó como si eso pudiera sacarle el cansancio.

Aldama estuvo a punto de lanzarle otra pregunta, pero lo detuvo una compasión que debería haber quedado bloqueada por su profesionalismo.

Por unos segundos el silencio fue casi perfecto, hasta que volvieron a oírse los ruidos de la casa. Se oyó cómo alguien iba subiendo la escalera muy despacio, como si lo abrumara un gran peso.

Por el momento Aldama renunció al interrogatorio. Si les creía, tanto Gabriel como Roberto estaban convencidos del suicidio: quebrantada por el dolor y la depresión, Esperanza se había disparado hacia la medianoche, mientras ellos jugaban cartas abajo.

Se acordó del gringo que acababan de agarrar la semana pasada, el que mató a su mujer en una fiesta. Por cierto: también de un tiro en la cabeza. A gritos les había dicho que en México todos eran corruptos, con un puñado de dólares le tapaba la boca a cualquiera. Aldama ahogó una mueca de burla. Acá ni siquiera iba a necesitarse tanto dinero, con las conexiones políticas del hermano de la difunta, el senador López Mateos. Su trabajo era más bien callarse, evitar que alguien lo fuera a tachar de indiscreto. Pero que no le vinieran a contar cuentos guajiros: ningún suicida se dispara en un ángulo tan incómodo.

AL SALIR CRUZÓ LA CALLE PARA COMPRAR UNOS CIGArros en el estanquillo de la esquina. Lo atendió una mujer viejísima, arrugada como un animal prehistórico, los ojos profundos y vivos.

—¿Ya sabe lo que pasó allá enfrente?

—¿En casa de los Figueroa? Sí, ya me contó Delfina —movió la cabeza de un lado a otro, lamentando—. Pobre Esperanza.

—¿La conocía?

La señora hizo un gesto de burla.

—¡No la voy a conocer! Años y años de despacharle, de echarle la mano cuando se ofrecía. ¡Conozco a todos los de esa casa! Son buena gente —movió la cabeza para corregirse—: unos más que otros. Entre el hermano, que va para arriba en la política, y el cuñado, que conoce a toda la gente del cine, y es tan parrandero... ¡Usted ni ha de saber! Dicen que cuando la madre muere en el parto, el hijo será una persona célebre. Ésa es la historia de Gabriel Figueroa.

—¿Y Esperanza? ¿Qué tal era ella?

—Algo serio. Ya le han de haber contado.

—¿Por qué se habrá suicidado?

La vieja torció la boca.

—¡Vaya usté a saber! Con tanta cosa que se traía entre manos...

Le brillaron los ojillos negros:

—Por cierto: ¿usted quién es? ¿Para qué anda averiguando?

Aldama quitó importancia al asunto con un movimiento de los hombros:

—Me estoy encargando de algunas formalidades legales.

—¡Ah! ¿El testamento y todo eso? No creo que Esperanza tuviera gran cosa: su parte de la casa, que le ha de heredar Roberto.

Él asintió. Abrió la cajetilla de cigarros que acababa de comprar y encendió uno, luego sacudió vigorosamente el cerillo para apagarlo. La anciana aspiró con deleite el huidizo olor a fósforo.

—Dígame: ¿se llevaban bien Esperanza y Roberto?

La mujer esperó un poco antes de contestarle, como explicando algo elemental:

—¿Usted está casado? ¿No? Para vivir tantos años con alguien hace falta mucha paciencia, mucho cariño. Roberto era muy buen marido. No protestaba si ella viajaba, si desaparecía dos o tres meses, si andaba del tingo al tango trabajando. Esperanza hacía su real gana, pero también lo quería. Sí, yo creo que se llevaban bien, con los naturales altibajos.

—Pero ella se suicidó: algo andaba mal. ¿Sabe si tenían problemas?

La vieja alzó las cejas y lo miró con aire burlón:

—Está raro lo del suicidio, ¿no? Para mí que aquí pasó algo muy feo.

Bajó la voz y le hizo una seña para que se acercara:

—Mire, sin ir más lejos: hoy en la mañana... yo me levanto muy temprano a limpiar la tienda, hago mis cuentas, barro la calle. A mi edad ya no duermo. Hoy, habrán sido como las cuatro o cinco de la mañana, estaba yo aquí tomando mi atolito cuando vi salir a un tipo. Todavía no sabía lo de Esperanza, pero me fijé muy bien porque todavía estaba oscuro. A esas horas no pasa ni el sereno. Lo vi de lejos: un cuate alto, flaco, yo creo que era un gringo. Un güero de cara huesuda, medio tapada por el sombrero.

—¿Está segura de que salió de ahí?

—¡Lo vi con estos ojos! Caminaba rápido, como que no quería que lo vieran. Cuando me vio cruzó la calle para no acercarse. Pero traía un maletín. ¡Vaya usté a saber!

—¿Lo había visto antes? ¿Sabe quién era?

Negó con la cabeza, muy segura.

—Pregúntele a los Figueroa.

C UANDO ALDAMA LLEGÓ AL VELORIO, COMO A LAS seis de la tarde, se había reunido ya una gran cantidad de gente. Entre el vestíbulo y la salita funeraria circulaban políticos, intelectuales, periodistas y pintores: los compañeros de Esperanza en los círculos de la bohemia y la política. También estaban los directores, productores y camarógrafos que trabajaban con Gabriel Figueroa. Vio a un español calvo que conversaba envuelto en el humo de un puro y estuvo casi seguro de que era el director de *Los olvidados*, una película que le había gustado muchísimo, aunque según mucha gente exageraba la fealdad de México. Aldama estaba en la misma sala, casi a punto de ser presentado a los actores de las películas, los ídolos de tantos dramas que había visto muerto de risa o indignado o conmovido desde su butaca. Algunos le parecieron un poco falsos al verlos fuera de la pantalla.

Vio al hermano de Esperanza, el senador López Mateos, saludando a otros políticos que llegaban a dar el pésame, y reconoció a Ruiz Cortines, muy circunspecto en una plática con otros hombres trajeados. Oyó decir que el presidente había mandado una corona. Hasta el momento de irse siguió escuchando que no tardaría en llegar el general

Cárdenas. Le extrañó no ver por ningún lado a su amigo Salvador Novo, un columnista de lengua rayada que le habría podido revelar el significado de tantos saludos y encuentros que sucedían ahí mismo, frente a sus ojos ignorantes.

También se veía gente ataviada con una elegancia resaltada por el luto. Gente de buena familia, los parientes de Esperanza, especuló Aldama, restos de cierta aristocracia porfiriana que acabó en la oposición y estuvo dispuesta a criticar los vicios del antiguo régimen. Recordó historias viejas: había quien luchó al lado de Díaz contra los franceses y a la vuelta del siglo celebró el final de la dictadura, la llegada de tiempos nuevos. Muchos entendieron la revolución como una más de las revueltas que encumbraron a sus familias a través de las convulsiones del siglo precedente. El tiempo les había dado la razón: cuántos apellidos porfiristas volvían a figurar en los círculos de la política revolucionaria.

Por el rumor de las voces descubrió que había muchos extranjeros, gente que pronunciaba las palabras con los acentos de un mapa desgarrado por la guerra: palabras en alemán, refranes de Cataluña, acento francés. Seres cautelosos que tanteaban el terreno sísmico de la ciudad de México, incapaces de olvidar los zapatos agujereados que usaron al escapar a través de fronteras abiertas de milagro, cuando estaban a punto de suicidarse. Se esmeraban en dar el pésame con las frases adecuadas en este país tan difícil de entender para alguien que pensaba en ruso.

No le fue difícil distinguir a los mineros, un grupo apesadumbrado. Contrastaban con otros asistentes porque no iban vestidos de luto; muchos llevaban sombreros de paja o gorras, las mujeres usaban ropa sencilla de algodón, alguna se había olvidado de quitarse el delantal. Se veía que no estaban acostumbrados a la ciudad, aunque en esos meses varios habían visitado a Esperanza.

Los encontró cautelosos, unánimes en su admiración por ella. Esperanza caminaba muy despacio con su bastón, se veía frágil, pero podía electrizarse como si le cayera un rayo y la convirtiera en una muñeca de llamas. Estaban acostumbrados a la friega de las minas, pero admiraban su capacidad de trabajar todo el día y muchos días sin cansarse, sin desanimarse, sacando el vigor de quién sabe dónde. Podía ser tan valiente como los mineros más aguerridos. Nada podía borrar el momento en que se había enfrentado al general.

—Se le puso enfrente, así chiquita, con su bastoncito, y le dijo que era una vergüenza ver cómo le lamía el culo a los gringos.

Los otros se rieron, aunque el ambiente del velorio los obligó a bajar las voces. Uno se encaró con Aldama, preocupado por la memoria póstuma de alguien que, no se les podía olvidar, estaba siendo velada por gente muy copetuda:

—Esperanza era muy elegante, no usó nunca ese lenguaje.

Lo interrumpió un hombre flaco, de bigote recortado y rasgos aguerridos:

—¿No? Cuando hacía falta perder la elegancia, la perdía. Si hacía falta dejar de comer, ayunaba. Bastón y todo, nos acompañó en el primer trecho de la caravana del hambre, como si fuera una más entre los viejos, los chamacos, las embarazadas que venían caminando. No era una simple huelga: era todo un pueblo levantado para exigir sus derechos. Otros marchan y están más fregados que yo, decía. Cómo no voy a estar.

—A mí me dijo una vez: cómo quieres que me regrese a mi casa y me prepare mi tina de agua caliente mientras ustedes duermen en el desierto y no saben dónde van a comer mañana.

Era una mujer corpulenta, con el pelo rizado entreverado de canas, de manos fuertes y acostumbradas al trabajo. El del bigote volvió a tomar la palabra:

—Esta huelga nos hizo conocer a muchos políticos. No es que esperáramos gran cosa de ellos, desde el principio desconfiamos, pero, la verdad, en ese tiempo no teníamos idea de lo bajos que son. Hemos visto cómo dicen mentiras y tuercen las cosas, cómo nos quieren dar atole con el dedo. Ella no era así. Oiga: caminamos desde Nueva Rosita hasta acá para que el hijo de la chingada del presidente ni siquiera nos recibiera. Ni siquiera se dignara oírnos.

—En cambio ella corría riesgos y creía en lo que decía. A ella nunca se le olvidó lo que es justo.

Intervino un hombre chaparrito, muy moreno:

—Más que nada, era una gente con una valentía fuera de serie. Ella le dijo sus verdades al general (ya sabe que la zona estaba controlada por el ejército) y antes de que pasaran dos días vio las consecuencias, pero ni así se echó para atrás.

—¿Qué pasó?

—La amenazaron muy feo. Habíamos estado en una reunión, decidiendo lo que íbamos a hacer, y yo la acompañé de regreso a su hotel. Al rato me habló y me dijo que había encontrado su cuarto revuelto, sus cosas rotas y regadas por todas partes, faltaban algunos papeles. Fui corriendo por ella, me la llevé a que se tomara un caldo y se calmara un poco. Me contó que un traje sastre que traía para las entrevistas más formales apareció tirado en el suelo, todo navajeado. Ahí nos tuvimos que poner duros y decirle que debía regresarse a México. Esa noche me la llevé a dormir con mi familia. Luego ya nos alcanzó en la caravana, pero en ese momento ya no se podía quedar en Nueva Rosita.

Una de las mujeres se acomodó el rebozo, enojada:

—Usted cree que se va a haber suicidado. A mí nadie me quita de la cabeza que la mataron.

Una ráfaga de desaprobación corrió a través de los demás:

—Cállate, Hortensia. Éste no es lugar para decir esas cosas.

Hortensia se apretó el rebozo en torno a los hombros, sombría. Pareció que aceptaba callarse, pero de repente retobó:

—Yo quise mucho a Esperanza. Yo la vi llena de vida y de planes. Y si empezamos a decir que se mató ella sola, que le ganó la tristeza porque no veía salida, ya estamos hincándonos frente a los que quieren acabar con el movimiento.

La hizo callar un hombre gordo, de pelos medio güerejos, quemados por el sol.

—No podemos decir esas cosas porque no tenemos forma de probarlas. Aquí el señor es ministerio público.

Aldama lamentó convertirse en el centro de atención, pero ya no había remedio. Hortensia se cruzó de brazos y le dio la espalda. El agente alcanzó a ver cómo la miraba una de las mujeres sentadas al fondo de la sala, con otros deudos, una muchacha a quien creyó reconocer, aunque no pudo precisar quién era. Hortensia y ella se parecían un poco, aunque Hortensia llevaba un vestido barato de algodón y la otra uno de seda negra. El parecido se filtraba a través de un invisible tamiz hecho de dinero, de modales, de gustos, de estilo. El gordo volvió a hablar, interesado en precisar lo que acababan de decir. Hortensia se apretujaba dentro del rebozo, enfurruñada, al tiempo que otras mujeres trataban de apaciguarla. El gordo se encargó de hablar por los otros:

—Después de la huelga sólo repusieron en sus puestos a mil trabajadores; los demás perdimos todo. Quienes tuvimos un papel más activo no encontramos trabajo, nos han hostilizado de muchas maneras.

Hortensia se zafó del brazo de la otra y regresó junto a ellos. Lo arremedó, furiosa:

—¡Nos han hostilizado de muchas maneras! Cuéntale lo que pasó cuando perdimos: casi nos matan a todos.

El gordo prosiguió con voz más sombría:

—No sé si lo sepa, porque los periódicos no lo dijeron. Al llegar a la estación para regresarnos a Torreón, cuando declararon inexistente la huelga, nos querían subir a un tren para ganado. A la mera hora el licenciado Ruiz Cortines nos evitó el insulto y nos acomodaron en los vagones de pasajeros. Pero el tren para vacas se descarriló.

Hortensia volvió a interrumpirlo:

—¿Ya ve? Ahí nos hubieran despachado a muchos.

—Hay un cura que no nos deja comulgar ni admite que nos confesemos con él –continuó el gordo. Hablaba más rápido, como si temiera que lo callaran–. A mí eso no me importa, pero a muchos sí les duele. Nos intimidan. Por ejemplo, Adela regresó a su casa una noche y encontró sus cosas movidas. Ningún destrozo: sólo sus delantales sobre la cama, bien dobladitos, uno sobre otro, para que supiera que alguien había entrado a revolver sus cajones. Nosotros seguimos, pero todo el tiempo estamos esperando el golpe. Ni la empresa ni el gobierno nos perdonan, pero nosotros tampoco nos rendimos.

Habían seguido en contacto con Esperanza, porque habían llegado muy malos tiempos para el movimiento obrero y no podían darse el lujo de desbandarse. Ella conocía a mucha gente, tenía experiencia, y sobre todo, sabía organizar. Los ayudaba a pensar en las estrategias para resistir, conseguía dinero, les transmitía información muy útil, los apoyaba para sostener la escuela. Era un eslabón en una cadena muy larga y muy fuerte de gente que no iba a rendirse mientras el régimen de derecha vendía lo que quedaba del país.

Ahora estaba muerta.

La mujer de pelo rizado movió la cabeza:

—En la caravana desde Rosita se nos llenaban de ampollas los pies. Caminamos y caminamos entre las piedras y el polvo, muertos de cansancio. Daban ganas de sentarse a llorar, o de plano agarrar un camión y regresarse a buscar trabajo, a la casa y a la vida de antes, pero seguimos. Al final nos dejaron sin un pinche quinto, pero... usted ha de pensar que estoy loca, pero demostramos que este gobierno está contra el pueblo. El régimen de derecho es de derecha, decía una consigna. Ya traicionó a la revolución. Qué ganamos con eso, decían muchos. Esperanza era de las que pensaban que a la larga eso va sirviendo para que otros se den cuenta de las cosas y sigan peleando, que la lucha no acaba aquí. ¿Cómo le diré? Que no sufrimos por nada.

Sus ojos muy oscuros revelaban una vitalidad capaz de remontar lo que fuera. Sonreía sin dejarse ahogar por el ambiente de la funeraria.

—Yo a Esperanza la quiero muchísimo. Aunque esté muerta la traigo conmigo. Y si en una de ésas decidió darse un tiro, seguro tuvo sus razones y yo las respeto.

Aldama vio a Hortensia a punto de protestar, pero uno de los hombres le pasó un brazo por los hombros y la contuvo. Desde el fondo de la sala, la chica del vestido de seda seguía observando la escena. De repente Aldama comprendió quién era: la había visto en varias películas, disfrazada de campesina, con un rebozo cubriéndole la cabeza, elevando al cielo los ojos arrasados de lágrimas, siempre preciosa a través de la lente de Gabriel Figueroa. ¿Cómo se llamaba? ¿Estaba tomando apuntes por si la llamaban a actuar como minera? El gordo cerró la conversación:

—Nos hemos enfrentado a muchas chingaderas. Claro que hemos recibido amenazas y hemos visto muchas arbitrariedades, pero yo, concretamente, no sé que hayan amenazado a Esperanza. Ya le contamos lo que sabemos.

Más clarita ni el agua, pensó Aldama. Hasta acá se ve la sombra de quienes aplastaron la huelga. Éstas son las pistas que más me vale no seguir si quiero llegar entero a la navidad. Les dio el pésame a los mineros como si fueran de la familia.

En el momento de irse del velorio recordó el nombre de la actriz: se llamaba Columba. ¿Columba Ramírez, Columba Martínez? Algo así.

Corazón de melón, mi mero mole:

Hoy caminamos todo el día. Voy a estar muy adolorida, ojalá no me haga mucho daño. A veces quisiera ser más prudente y acordarme de lo lastimada que estoy. Si pudiera observar todo desde mi casa, enterarme de la caravana a distancia. Pero no puedo. Algo me pasa con los mineros. Me enternece su entrega. Con el tiempo me estoy volviendo más frágil. No sólo tengo la monserga de la columna, se me ha ido ablandando el corazón. Las mujeres. Deberías verlas: no se rinden ni se sienten heroicas. Están en la caravana como están los fines de quincena, sacando de quién sabe dónde el ingenio para darles de comer a sus hijos, encontrando el tiempo para ser cariñosas, para darte algún re-galito, aunque sea un taco con quelites. Dan toda su fuerza, se desviven trabajando, pero no se dan ninguna importancia. Car-gan la huelga en el lomo. Les parece normal. Son las más valien-tes, las que dan ideas. No dejan que nadie se eche para atrás.

Hoy estaba oyéndolas y de repente me acordé de una sol-dadera que estuvo una vez con nosotros, cuando éramos muy chicos. Unos zapatistas vinieron a quedarse en casa de mi pri-mo Chicho. Nunca había visto a alguien así. Me acuerdo de ella en la cocina, empistolada, sirviendo un caldo muy caliente, regañándome porque no me lo quería comer, pues estaba muy picoso: «No te enseñes a desperdiciar la comida, catrincita. Ojalá no te toque aprender que a veces no hay». Tenía la cara curtida por el sol, afilada por la voluntad de sobrevivir, por la decisión de no dejarse. Me di cuenta de que había visto muertes y quemazones y asaltos, pero no le tuve miedo. Sentí que me lo decía porque yo no era una mensa; tenía ocho años pero en las calles estaba la revolución y más me valía entender.

Hoy en la tarde oía a estas mujeres. Tuve una sensación muy veloz, como si sus voces me regresaran a esa cocina, aunque ellas tienen acento norteño y mi soldadera debía ser del sur, de algún sitio no muy lejano a la ciudad. Son muy distintas, pero me hicieron sentir que recuperaba algo que siempre me ha dado fuerza, algo que vive en mí a través de los cambios, un lugar desde el cual entiendo la vida. Esa mañana me tomé todo el caldo picosísimo sin quejarme ni una vez, mirando de frente a la soldadera, ganándomela, demostrándole que yo también me atrevía a cualquier cosa, aunque se me salieran las lágrimas. Al final me dio un pedazo de piloncillo y me prometió enseñarme a disparar la pistola. No sonreía y yo entendí que no estábamos jugando. Ya ahora te estoy escribiendo desde otro momento, he perdido la sensación del contacto, pero quiero decírtelo a ti para no olvidarlo tan pronto.

Adivina desde dónde, tu

E

7

S E LEVANTÓ MÁS TEMPRANO QUE DE COSTUMBRE. Como todas las mañanas, fue a la cocina para abrirle a Pancho, su gato, que entraba por la ventana, saltaba al piso y se estiraba mientras él le hacía una larga caricia en el lomo dorado. Siguió frotándolo detrás de las orejas; el animal entrecerró los ojos, mirándolo con una especie de sonrisa, como si el ronroneo contara sus hazañas nocturnas. Luego fueron hasta el refrigerador y Aldama le sirvió un poco de carne. También sacó un bote con granos de café; le gustaba molerlo él mismo, llenar la cocina de ese aroma envolvente, saborear la primera taza mientras planeaba el día.

Encendió un cigarro pero lo apagó casi de inmediato. Empezaba a hacer frío y apenas iba saliendo de un resfriado. No quería fregarse la garganta, pero si no fumaba el desayuno no le sabía igual. No quería fastidiar su tranquilidad mañanera. Ya se sentía casi bien, no era para tanto. Sacó otro cigarrito.

Casi siempre Pancho lo seguía y se enroscaba sobre la cama mientras él se vestía. A veces, cuando se abrochaba el cinturón, Aldama se enorgullecía de cuánto se parecía a las garras del gato, pues si llegaba a necesitarlo la hebilla de plata ocultaba el mango de un pequeño puñal, aunque para los demás su aspecto fuera inocuo e incluso elegante. Luego revisaba su pistola y se la acomodaba en la funda disimulada bajo el brazo. El traje de casimir con raya de gis y la corbata de seda azul borraban cualquier duda sobre su educación impecable.

Todos los martes jugaba frontón y la muerte en Avenida Coyoacán no le pareció suficiente razón para cancelar la cita, así que acomodó su equipo deportivo en un maletín. Necesitaba dejar de pensar un rato, lanzarse tras la pelota, oírla chocar contra la pared, esquivarla, lanzarla de nuevo, ver a Alfredo saltando para atajarla, cruzar la cancha para devolvérsela, todos los músculos y los sentidos alerta. Más tarde se dejaban acariciar por el vapor, los cuerpos agotados y agradecidos por ese rato de vigor y euforia, los poros abiertos a la humedad, al placer de estar desnudos, despreocupados, sin nada que interrumpiera su plática. A veces Aldama se dejaba caer hasta un sueño breve y contundente, pero esa mañana ni siquiera el ejercicio le sirvió para olvidar las imágenes del día anterior.

—Estrictamente hablando, tendría que ordenar que le hicieran la prueba de la parafina. Sería el primer paso antes de seguir averiguando.

Alfredo negó con la cabeza:

—No, Marco, yo que tú no le movería. Ayer ya te dieron el ejemplo: los mineros no quisieron contarte sus sospechas. El hermano de la víctima es un político muy bien parado. ¿Para qué le buscas? –lo vio poco convencido y se apresuró a apaciguarle la conciencia–: Además, la prueba de la parafina no es confiable. Hasta un fumador puede dar positivo, aunque no haya disparado.

Aldama se frotó la nuca con un movimiento envolvente:

—Ya lo sé. Sólo sirve para descartar. Si el cadáver da negativo…

—Se te va a armar. Si el cadáver da negativo, alguien le puso la pistola en la mano. Tú tendrías que averiguar quién, y te meterías precisamente donde los mineros no quieren estar.

Aldama se rascó la mandíbula, incómodo:

—Sería rarísimo que diera positivo. La bala entró por detrás de la cabeza, fue más bien como un tiro de gracia. Si ella se hubiera disparado se habría apuntado a la sien o se hubiera metido la pistola en la boca, ¿no crees? Si me preguntas, yo creo que la mataron dormida.

Cerró los ojos y aspiró una bocanada de aire hirviente. Estuvo a punto de toser, aunque se contuvo. Alfredo sonrió:

—¿No se te ha quitado la gripa?

Negó, de mal humor.

Alfredo movió la cabeza con resignación y volvió al tema:

—Ni hablar. Si da negativo, tu principal sospechoso es el cuñado del senador. O algo todavía más enredado: necesitas averiguar quién salió de la casa en la madrugada, investigar si la viejita no se lo imaginó. ¿La fue a visitar ese amante gringo, se encontró con el marido, discutieron? ¿Cuál de los dos disparó? Al senador no le va a gustar el escándalo. ¿Cómo le vas a hacer? ¿Te acuerdas del gringo que mató a su mujer hace como dos semanas? Lo acaban de soltar. Tiene muchísimo dinero. Fabricaron un peritaje donde se asienta que el arma se disparó por accidente.

Aldama se irguió en una postura que le marcaba los bíceps:

—¿Por accidente? ¿Pero no fue un juego de borrachos, una especie de ruleta rusa?

—Cuando puedes invertir miles de dólares las cosas llegan a ser muy tersas. El señor está en su casa esperando el juicio y el abogado se encarga de que no se celebre pronto. En el peor de los casos lo condenarán a ir a la cárcel a firmar una vez a la semana. Si es que llega a ir.

Sus sonrisas se encontraron, admirativas, medio borradas por el vapor:

—Por eso te digo. Yo que tú, antes de dar el siguiente paso por lo menos hablaba con el hermano y trataba de ver de qué lado masca la iguana. O habla con tu jefe: averigua qué opina el licenciado Andrade. En este país, hacerle al héroe te puede llevar al panteón.

Como tantas veces, se dejó persuadir por la sonrisa de Alfredo. Lo vio entrecerrar los ojos, dejarse arrullar por el calor. Marco siguió su ejemplo: las pesquisas, las decisiones y el deber podían esperarlo hasta el mediodía. Antes de volver a uncirse a ellos les faltaba un rato de sauna y luego un regaderazo frío. Le propuso a Alfredo que saliendo de ahí se fueran a tomar una botana.

8

A LA UNA TENÍA CITA CON EL SENADOR Y LLEGÓ CON quince minutos de anticipación. Para su sorpresa, lo recibió de inmediato, sin obligarlo a hacer antesala. Aldama se había imaginado que estaría acompañado por algún asistente, pero no había más guaruras que un chofer que leía el periódico afuera de la habitación, un hombre fornido, de aspecto ágil. Estaban en una oficina amueblada con buen gusto, pero sin lujos.

Aunque el día anterior los hermanos Figueroa estaban devastados, el senador le llamó la atención por su elegancia; el impecable corte de pelo muy a la moda resaltaba sus ojos oscuros, sus facciones de hombre apuesto; el traje de casimir le quedaba tan bien como el suéter y los pantalones de pana del día anterior, cuando sólo lo había visto al pasar, yendo de un lado a otro en el desorden de la casa enlutada. Aldama adivinó que él y su hermana se habían parecido mucho en esa agilidad, en esa fuerza, esa capacidad de lidiar con la intemperie o con la multitud. Se movía como quien confía en su cuerpo y sabe llevarlo hasta los extremos, seguro de sus recursos. Saludó a Aldama con la relajada cortesía de alguien acostumbrado a tratar con mucha gente distinta, a desenvolverse en cualquier medio:

—Encantado. ¿Dice usted que trabaja con el licenciado Andrade? Por favor, dígale que le mando muchos saludos. Nos conocemos desde jóvenes.

Aldama asintió, muy serio:

—Todavía no he podido hablar con él personalmente, pero me pidió por teléfono que le diera sus condolencias. Me dijo que no tardará en ponerse en contacto con usted.

El senador López Mateos inclinó la cabeza, agradeciendo. Aldama le hizo las preguntas de rigor: no, no había oído nada, no notó nada raro.

—Por supuesto, tenga usted en cuenta que yo vivo en otra casa. Mi mujer y yo nos acostamos temprano esa noche y nuestra recámara da al jardín; estamos relativamente lejos.

—No quiero molestarlo, licenciado, pero es mi deber hacerle otras preguntas.

Adolfo hizo un gesto de comprensión: no faltaba más.

—¿Usted piensa que su hermana tenía motivos para suicidarse?

Su expresión cortés dio paso por un instante a otra más sombría, pero de inmediato recuperó su entereza:

—Mi hermana y yo estábamos distanciados. Llevábamos meses sin hablarnos. No puedo decirle nada sobre su estado de ánimo en estos últimos días; no sé si algo la preocupaba.

Aldama procuró sortear de la mejor manera posible el tortuoso camino entre sus obligaciones explícitas como agente del Ministerio Público y la norma que lo obligaba a tratar con deferencia a uno de los senadores de la república.

—¿Podría usted contarme a qué se debió ese conflicto con ella?

El senador inclinó la cabeza:

—Desde luego, licenciado. Para nadie es un secreto que

mi hermana fue una persona muy combativa, muy comprometida con las luchas sociales. Nuestras trayectorias son casi gemelas: yo también he desempeñado mi trabajo como abogado en asuntos laborales sin perder jamás de vista mi obligación de estar al lado de quienes sufren la injusticia. Yo admiré el valor con que Esperanza se entregó a la causa de los mineros, pero en cierto momento me vi en la obligación de recomendarle prudencia –frunció las cejas, como si a pesar de los sucesos del día anterior siguiera enojado con ella–. Ya ve usted cuánto caso me hizo: ha pasado casi un año y a la gente no se le olvida. A veces mi hermana era así: se dejaba llevar por la pasión del momento. Pensaba más en los ideales que en ella misma.

Aldama movió la cabeza, desaprobando. El senador acentuó su gesto de desagrado:

—Había sufrido un accidente que le dejó secuelas irremediables. Caminaba con muchos trabajos; le daba miedo cruzar calles transitadas. Cómo no iba a parecerme peligroso que se expusiera a las tensiones de un conflicto tan encarnizado como ése, al ajetreo, a la responsabilidad.

—Además, su actitud hubiera podido crearle enemistades.

El senador hizo un ademán desdeñoso, como si espantara una mosca:

—A veces sus pasiones no le permitían una comprensión más profunda de los hechos: ningún problema social tiene un solo lado ni se limita a la visión de un solo sector. Nadie tiene toda la verdad. Cuando estaba a punto de irse a Nueva Rosita hablé muy claramente con ella, pero se negó a modificar su actitud. Por eso estábamos distanciados, y por eso no puedo darle más información sobre sus actividades en los últimos días. Comprendo que su trabajo requiere atención y paciencia, pero no debe ser difícil: todo está muy claro –frunció las cejas–. Su suicidio me llena de tristeza, pero no puedo aportar nada más a su investigación.

Aldama se levantó de inmediato:

—Le agradezco que me haya concedido estos minutos, licenciado. El licenciado Andrade me pidió que se lo garantizara: en todo momento guardaremos discreción.

9

MARCE ESTABA ESCRIBIENDO A MÁQUINA CUANDO vio entrar a Aldama. Dio unos golpes más, hasta terminar la frase, pero le sonrió con expresión inquisitiva. Desde el día anterior no lo había visto. Él movió la cabeza de un lado a otro, con exagerado gesto de perplejidad, y fue a sentarse cerca de ella, sobre el escritorio. Tenía mucho que contarle.

—Me dijeron que andabas investigando una muerte.

—Es un caso bastante enredado. Creo que están encubriendo un asesinato.

Marce arqueó las cejas. Su expresión se fue poniendo más concentrada a medida que Aldama le contaba la historia.

—Necesito que me investigues todo lo que puedas sobre ella y sobre su hermano, el senador López Mateos. Y sobre el cuñado también: es un camarógrafo, se llama Gabriel Figueroa. El marido se llama Roberto, trabaja en Teléfonos. Y todo lo que puedas averiguar sobre la huelga de Nueva Rosita.

Ella palomeó los nombres y agregó detalles en su bloc de taquigrafía, donde los había apuntado el día anterior.

—¿Cómo era ella? ¿Guapa?

Aldama encogió los hombros con indiferencia y encendió un cigarro:

—Sí, supongo que era guapa, aunque nunca tan bonita como tú.

Marce le sonrió con agradecimiento, pero sin creérsela: aunque no era fea, tenía una boca y una nariz bastante grandes, que resaltaban sus maneras vehementes. Los piropos de Aldama la divertían.

—Mira: me prestaron unas fotos. ¿Por qué no me haces un café y las revisamos?

Gabriel se las había entregado al final de su entrevista y se las encargó mucho. Había de todo, desde tomas casuales hasta otras que revelaban el oficio del fotógrafo: Esperanza chimuela y con trenzas, jugando en la calle, subiéndose a los árboles. Esperanza con el pelo corto, a principios de los años treinta, una encarnación de lo moderno y de lo dinámico: el peinado que le hacía falta para redondear su vocación de libertad en esa ciudad donde las pelonas eran perseguidas y el pelo corto se había convertido en la marca de las mujeres que desafiaban las convenciones, casi un manifiesto anticlerical, revolucionario, vanguardista. Esperanza con el pelo largo y suelto, de traje sastre, sentada ante un escritorio, firmando documentos. Esperanza con la cola de caballo metida en una gorra, yéndose de excursión. Esperanza con el pelo recogido en un chongo, escribiendo a máquina a toda velocidad. Esperanza junto a una alberca, en traje de baño, con el pelo mojado. A Marce le pareció preciosa, con mucha personalidad.

—No sé cómo es posible que no vieras lo guapa que es. Tiene mucho porte.

Él hizo un gesto evasivo.

—Con un tiro en la cabeza, ya te imaginarás.

Ella movió la cabeza, desaprobando, y sacó otra foto del montón.

—¿Con quién está aquí? Yo a éste lo he visto.

—A ver… Sí, yo también –lo pensó por un momento–. ¿No es el rojillo ese, Lombardo Toledano? Ahí tienes: una pieza clave del movimiento obrero. Un dato más para redondear el asunto de Nueva Rosita.

Marce le sonrió con aire victorioso:

—Eso no es nada. Ya te tenía algo desde antes de que llegaras. Mira: salió ayer en las noticias de la tarde.

Le pasó un periódico que tenía sobre el escritorio, plegado en una de las primeras páginas. Aldama ojeó rápidamente la plana, pero no vio nada importante. Marce volvió a reírse.

—¡Mira!

Señaló una nota en la sección principal:

Murió B. Traven

Aldama alzó los ojos sin entender, pero ella enarcó las cejas para urgirlo a seguir. No le quedó más remedio que leer unos párrafos que daban la noticia de la muerte de Esperanza López Mateos, quien en vida había firmado sus novelas con ese seudónimo.

—Como ayer no te apareciste en todo el día, hablé al periódico. Me pusieron en contacto con un tal Antonio Rodríguez, un reportero que hace tres o cuatro años publicó una serie de artículos para probar que Esperanza era Traven.

—Me suena vagamente, pero no sé nada. ¿Quién es Traven?

La sonrisa de Marce tuvo algo de maternal:

—Como no te gusta leer… Traven es toda una leyenda. Nadie lo ha visto nunca y hay miles de historias sobre él. Dicen que vive escondido en México, pero nadie sabe dónde;

nunca se ha visto una sola foto suya. Este periodista, Antonio Rodríguez, se ha dedicado a rastrearlo; como no lo ha podido encontrar, sospecha que todo es un truco para esconder a Esperanza.

—A ver, explícame. Ayer nadie mencionó nada de eso.

—Es lo que dice Rodríguez. Según él, las novelas tienen que haber sido escritas por alguien que conoce México, no por un alemán, que es la dizque versión oficial. Sobre todo, si el alemán no aparece por ningún lado, y en cambio todos los asuntos convergen en Esperanza: ella figura como traductora de los libros, cobra las regalías, es su representante legal.

—¿No le habría sido más fácil firmar como autora y punto?

—Según Rodríguez, el nombre masculino asegura que la lean con seriedad y le permite mantener cierta independencia. Cuando andaba investigando no le convenía que la reconocieran y desconfiaran de lo que iba a escribir. Sobre todo porque las novelas son muy políticas. No son temas propios de mujeres. Por ejemplo: hay una, *La Rosa Blanca*, que trata de la lucha de una comunidad indígena contra la empresa petrolera gringa que les quiere quitar sus tierras.

—Algo parecido a la historia de los mineros.

Marce asintió con vigor.

—De acuerdo, pero esta novela apareció poco después de la expropiación petrolera, muy oportunamente: fue un acierto político. Parece que atrajo mucha atención en las librerías.

—Sí: ayer Gabriel Figueroa me dijo que Esperanza conocía muy bien a Cárdenas.

Marce hizo cara de enigma y levantó los hombros.

—Si quieres te puedo hacer una cita con Antonio Rodríguez. Ya hablé por teléfono con él. Dice que las historias sobre el escritor prófugo le añaden algo a las novelas. En vez de estar escritas por una señora, se crea este personaje misterioso para atraer a la gente. Y además, fíjate: B. Traven. La B podría ser un nombre de mujer: Bárbara. Brenda. Beatriz.

—No está mal. Cuando por fin aparece la señora B., es rubia, tal vez con facha medio alemana, elegante, tiene trayectoria política...

—Según me dijo Rodríguez, hay muchos detalles que lo confirman. Por ejemplo, varias novelas suceden en Chiapas. Esperanza declaró en una entrevista que nació allá: así se explican los detalles, las palabras precisas para hablar del trabajo de los indios que cortan la caoba, de los lugares, de las comidas.

Aldama torció la boca:

—¿Nació en Chiapas? ¡Pero si su familia es de aquí!

Marce sonrió:

—Ya ves, Tulio: si no la hubieran matado, muy pronto aparecería otra novela sobre las minas de Coahuila. ¿Te hago la cita con Rodríguez?

Aldama miró el reloj y se levantó:

—Por ahora no: ya tengo una cita para hoy por la tarde, pero no pierdas sus datos. Hay que investigar más. ¿Quieres ir a comer conmigo?

—¿Me llevas a los mariscos?

En eso sonó el teléfono. No reconoció la voz, pero el ruido revelaba que le estaban hablando de un teléfono de la calle.

—Es sobre Esperanza López Mateos: le va a interesar. Lo veo en media hora en la esquina de Gante y Carranza.

—¿En dónde, exactamente?

—Hay una cantina. Usted la conoce.

Hizo una pausa que le permitió oír la respiración del otro entre las voces y los autos.

—Cómo no. Hablamos de La Luz, ¿verdad? ¿Cómo lo reconozco?

—No se preocupe: yo no me voy a confundir.

Colgó sin darle tiempo a replicar. Levantó los ojos para encontrar la cara asombrada de Marce:

—¡Ay, Tulio! ¿No será peligroso?

Aldama le sonrió. Le gustaba que ella lo llamara con ese nombre, que casi no usaba nadie más:

—Puede ser importante. Te quedo a deber los mariscos.

10

LA CANTINA EN GANTE ERA UN REFUGIO PARA OFICI-
nistas que iban echarse unas botanas, a jugar al cubilete y a escaparse un rato. Muchas veces Alfredo y
él habían almorzado ahí al salir del frontón. Aldama pidió
una Corona para darse tiempo de escrutar a los asistentes.
La mesera iba de un lado a otro, bromeando. Aldama supuso que andaba de novia con alguien. Por lo menos se lo me-
recía por la coquetería de su arreglo, desde el peinado a la
moda hasta el uniforme bien ajustado a su cuerpo.

Como si escuchara sus pensamientos, la muchacha le
sonrió luminosamente y él notó la imperfección de sus
dientes.

—¡Licenciado Aldama! ¿Cómo ha estado, mi lic? Le vinieron a dejar un sobre. Espéreme tantito.

La miró ir y venir sobre sus tacones, registrar las señales
que le hacían desde una mesa del fondo, asentir, prometer:
iría hasta allá en un segundo.

El sobre de papel manila tenía escrito su nombre en mayúsculas grandes, trazadas con tinta negra. Ningún remitente. Según la chica, lo había traído un señor alto, fuerte,
que casi no habló. Se disculpaba por no poder esperarlo. Por
cierto, traía una corbata con dibujos verdes.

Pensó que nada le impedía abrir el sobre ahí mismo, amparado por el anonimato de la cantina, en el rato que le quedaba antes de ver a la alemana.

Sacó una foto de Esperanza, ataviada con un traje sastre y cargando unos libros, frente a un pequeño avión. Al reverso una fecha de hacía cuatro años. De ninguna manera era la imagen de una suicida, aunque (a Aldama le dio tristeza comprobarlo) los bordes de la foto estaban ya un poco carcomidos, como si alguien la hubiera traído en la cartera, sometida al trajín de todos los días. Junto con la foto, algunos recortes sobre la consabida huelga de los mineros, en los que se subrayaban algunos pasajes con un extraño lápiz verde. Y una hoja plegada: una carta.

Estudió los detalles: la letra interrumpida por frecuentes tachones, como si a cada paso el hombre se arrepintiera de sus palabras y las pensara mejor, la calidad del papel, la construcción de las frases. Se concentró en el párrafo donde el anónimo colaborador le advertía que seguía pistas falsas. *No se haga el tonto, Aldama.* Entre signos de admiración y calificativos desdeñosos hacia las diligencias realizadas le explicaba que la difunta era el extremo visible de una red de anarquistas que llegaba hasta Alemania, hasta Suiza, hasta Chicago. Parte de un vasto movimiento mundial. *Se equivoca si cree que Traven es el apellido de un escritor: es una palabra clave para estos conspiradores.*

El desconocido afirmaba con lujo de imprecaciones que los rojos se carteaban y entrevistaban constantemente con Esperanza. *Usted puede hacer como que cumple con su deber y olvidar esta carta*, terminaba la nota. *Por lo menos entérese: esta mujer ha sido parte de una conjura que amenaza la decencia y la libertad, una plaga que se extiende mucho más allá de México.*

Mi corazón:

¿Cuándo podemos vernos? Me urge. Acabo de pelearme con Lombardo. Estaba furibundo; según descubrió, tienen intervenidos sus teléfonos, tal vez los míos también: la casa y la oficina. Tú y yo necesitamos tener más cuidado, aunque, si te digo la verdad, yo siempre me imagino esas cosas. No me sorprende. A él en cambio le parece un insulto, un atropello sin justificación. Estaba de pésimo humor; desde el principio todo salió mal. Yo sigo pensando que podríamos movilizar muchas alianzas para defender, si no a los mineros, la próxima huelga grande que estalle. Sindicatos, ligas de organizaciones obreras, grupos de intelectuales, vínculos con tantos grupos campesinos. Pero él se niega a lo que considera una empresa temeraria y adolescente: los límites de nuestra acción están acotados y nos movemos en un mapa mucho más grande que México; podríamos alterar un equilibrio delicadísimo. Somos una oposición que trabaja dentro de la legalidad. El gobierno se ha movido hacia la derecha, y sólo un aventurerismo irresponsable nos podría lanzar a posiciones radicales. Ya te lo imaginas. Por un lado, después de tantos años de trabajar juntos, estas discusiones son inevitables. Lo conozco y hace mucho dejé de hacerme ilusiones. Pero por otro,

estas grietas no se van a borrar, son las grandes fallas geológicas entre nosotros. Siempre han estado ahí.

Todo este tiempo, no sólo desde la huelga de los mineros, desde antes, cuando empecé a trabajar con ellos, a supervisar la creación del hospital, de la secundaria donde educarían a sus niños, sabía de ciertos vínculos del sindicato con los países del bloque soviético, con organizaciones y gentes de las cuales desconfío, aunque Lombardo se mantiene en buenos términos con ellas. Hace unos años, cuando trabajé con los refugiados alemanes que él protege, adoptamos una posición irreprochable contra los nazis. Luego supimos de la alianza entre Hitler y Stalin y tuvimos que hacer algunos malabarismos, algo muy incómodo para él, que es en parte judío y ha trabajado tanto para salvar a los refugiados. Hace poco me lo dijo Fito, burlándose: los soviéticos se han comprometido a que no prospere en México ninguna iniciativa revolucionaria. Por lo menos no con su apoyo. Todos los días necesito fingir que no sé: ni los desmanes del ejército rojo en Berlín, ni las traiciones contra los anarquistas de Cataluña, ni el acoso contra los disidentes en Rusia, ni el antisemitismo… No me voy a creer que Stalin es casi un santo y va a devolver la salud a los enfermos, como la pobre de mi amiga Frida, que a veces ya no sabe lo que dice entre tantas operaciones y calmantes y cuanto hay. No sé que a esta ciudad llegan exiliados huyendo de persecuciones tan crueles como las nazis, de campos de concentración. No hablo con ellos, no entiendo lo que dicen en su español fracturado, no veo las huellas del sufrimiento en sus cuerpos, no sé por qué se mueren de repente, yo también creo que todos estamos expuestos a un infarto en un taxi.

En qué estrecho territorio nos movemos. Puedo ver cuán importante es la rigidez, cuánto ayuda a vivir. Es una especie de barandal de hierro; aferrarse a él ayuda a mantener una posición erguida. Qué gran desafío es soltarse y tratar de vivir por tu cuenta, intentar moverte, ser flexible y sólo confiar en tus huesos. Tú y yo nos hemos aventurado, hemos corrido el riesgo de abandonar lo conocido. Siempre fue peligroso, siempre valió la pena. Lo he hablado muchas veces con Roberto. ¿Será que me gusta apostar mi vida? Yo qué sé. Lo he sentido en las montañas, trepándome a un risco, agarrada de una piedra, apenas apoyada en un pie, consciente del peso de cada partícula de mi cuerpo, sabiendo que un mal movimiento equivale al abismo. Qué minúscula seguridad me ata a la vida, qué tenue es el mundo que me he construido. No es tan fácil sentirlo cuando hablo por teléfono desde la oficina, pero ¿te das cuenta? Así es cada día que despierto y me enrielo en el carrusel de mis obligaciones, mis cariños y mis peleas. Ni siquiera la muerte: a veces basta la mirada de otro, una noticia en el periódico para que todo se tambalee.

Tal vez podría ver así mi colaboración con Lombardo. Tal vez él también entiende así su vida. Pero es difícil ignorar qué amplio espacio le concede a la seguridad, a lo conveniente, a su muy definida conciencia de lo posible. Le gustan las disquisiciones éticas, pero es demasiado correcto para cruzar la línea del peligro y arriesgarse a la verdadera disidencia. Ya en ese camino llega a justificar muchas cosas: a veces matar opositores es necesario. Encarcelar a quienes discrepan es inevitable. Todo sucede tan lejos. Al fin y al cabo, he colaborado tantos años con él porque nos llevamos bien; es un hombre bueno y somos amigos. Pero tampoco nací ayer ni puedo ignorar dónde estoy.

Necesito hacer algo para soportar este mundo, y en muchísimos momentos concretos Lombardo ha sido un aliado indispensable. No es perfecto, yo tengo mis objeciones, pero en cada una de esas encrucijadas pudieron más las coincidencias. Ahora eso ya no me sirve.

Es verdad: muchas veces fueron decisiones tomadas con otros. He sido un eslabón entre nuestra red de prófugos, siempre a medio tejer, siempre destejiéndose, y este movimiento oficial. He sido útil, cuando he tenido réplicas serias las he expresado, he sabido escuchar posiciones distintas de la mía y he hecho un gran esfuerzo (tú eres testigo) por expresarme de la manera más clara. Sí, he tratado de ser honesta. Mis conflictos no son sólo míos; somos tantos los que nos debatimos en estos dilemas. Hasta aquí he pensado que construir era lo más importante. Ahora no sé. Necesito estar contigo, necesito que hablemos.

Hoy también,

E

11

L A HABÍA VISTO EN EL FUNERAL: LAS UÑAS Y LOS LABIOS
pintados de rojo, los ojos verdes irritados, la mirada
que hacía pensar en una lechuza. El acento alemán
endurecía sus frases a pesar del cuidado que ponía en pro-
nunciarlas, un cuidado, pensó Aldama, que quizá no tenía
que ver sólo con el idioma.

—Nunca podré agradecerle lo suficiente a Esperanza –le
repitió mientras le servía un café–. Cuando llegué no tenía casa, trabajo ni dinero. Ella me regalaba las verduras
para hacerme sopas, una bolsita de fideos, lo primero que
comí acá. Me enseñó a que me gustaran las frutas: en ese
tiempo casi me daban miedo, con esos olores desaforados,
esas entrañas llenas de semillas y venas –se rio–. Me figu-
raba que les iban a salir arañas, mariposas, no sé. ¿Se imagina lo que es ver una papaya cuando uno cree que toda la
fruta del mundo son las manzanas, con suerte las naranjas,
si acaso las uvas? Esperanza disfrutaba esas cosas, sabía
cómo enseñarte a perderle el miedo a México –clavó los
ojos en Aldama: verdes, estriados de amarillo, punzantes–.
Yo en Francia me las había ingeniado para que duraran y
duraran unas papas, unas zanahorias, lo único que se con-
sigue en el invierno.

Llevaba un collar de ámbares que hacía juego con sus ojos: México no la trataba tan mal.

—A ella le gustaba comer y lo mismo gozaba la comida del mercado que los restaurantes caros o las quesadillas de la calle. Nos íbamos juntas al tianguis y ahí me fue enseñando lo que eran tantas hierbas y verduras que yo jamás había visto. Me enseñó a comer chile. ¡A mí, que al principio lloraba con las salsas y los moles! ¡El epazote! Yo me las ingenié para encontrar los ingredientes necesarios para cocinar acá la comida de mi tierra –Aldama empezaba a divertirse con la leve deformación que imprimía a sus palabras: exageraba el acento en ti-é-rra y disfrutaba la vibración de la erre como si fuera una pequeña hazaña–. Pero también aprendí a apreciar los guisos de ustedes. Y la verdad, la comida alemana no se puede comparar con ésta, aunque mi *kartoffelsuppe* sea insuperable en las noches frías.

Sonrió. Parecía recordar aventuras culinarias compartidas con Esperanza, sus pláticas junto a la estufa, los regalos de especias, de ollas.

—Aunque, para ser exactos, ni ella ni yo perdíamos mucho tiempo en la cocina.

Muy bien, pensó Aldama. Nos vamos acercando al tema. Antes de espantarla con preguntas demasiado directas la dejó hablar. Le preguntó cómo había llegado al país. Ella clavó los ojos en la carpeta que cubría la mesita, mientras seguía los dibujos con uno de sus dedos manicurados.

—A mi marido lo mataron al principio de la guerra. Era médico. Habíamos salido de Alemania desde antes, desde que arreciaron las persecuciones antisemitas. Cuando nos decidimos, casi nadie nos entendió: según la mayoría, era sólo una mala racha, iba a pasar. Ni siquiera éramos judíos, aunque sí teníamos muchos amigos entre ellos. Vimos cómo los señalaban, los acosaban. Una noche llegó una muchacha en muy malas condiciones: la habían agarrado en la calle, la golpearon, le destrozaron la cara de una patada. Traía la quijada rota. No quisimos ver más. Nuestras ideas políticas ya nos estaban causado problemas. Nos instalamos en París; nos unimos a un grupo que ayudaba a quienes huían de Alemania. A mi esposo lo mataron en una de esas misiones: fue a recibir a una pareja de austriacos, dizque viejos amigos nuestros, que iban a entregarle dinero y unos documentos. Algo falló: le dieron un tiro en la calle, antes de llegar a la cita. Luego supe que a los austriacos los detuvieron. Acabaron matándolos en un campo de concentración. Yo me quedé en París; cuando lo ocuparon los nazis traté de seguir viviendo como si nada. Siempre trabajé en el teatro. Cantaba, actuaba en un cabaret frecuentado por oficiales alemanes y al mismo tiempo pasaba mensajes, escondía cosas, de repente la gente se quedaba uno o dos días en mi casa. Era cada vez más peligroso: cuando mataron a dos amigos míos supe que no me quedaba mucho tiempo. Necesitaba escaparme. Me daba miedo subirme al tren y exponerme a que controlaran mis documentos, así que me fui al sur viajando en etapas. Hice unos trechos a pie, otros en bicicleta. Llegué a casa de unos conocidos; ellos me dieron los datos de alguien a quien podía buscar en el siguiente pueblo. Así. Cada vez que tocaba a una puerta me preguntaba si no iba a caer en una trampa; nunca sabía si buscaba a alguien que había desaparecido o nos había traicionado. Todo el tiempo me enteraba de cómo llegaban por la gente, la deportaban a los campos de concentración o la fusilaban, la mataban sin más contemplaciones. Llevaba años oyendo esas historias. Era casi imposible conseguir una visa. Mucha gente vivía escondida, comiendo lo que le pasaban a través de una rendija. Se oían historias de barcos llenos de refugiados que llegaban hasta acá, a La Habana, a Veracruz y después de semanas frente a la costa los obligaban a regresar sin desembarcar a nadie, porque los gobiernos no querían recibir judíos. Yo, imagínese: siempre fui anarquista, desde Alemania apoyé a la República española, llevaba años oponiéndome a los nazis.

Levantó los ojos del mantel y miró a Aldama para vigilar su reacción. Hablaba con ademanes vivos, la voz llena de energía. Aldama adivinó las noches en vela, los nombres falsos. Sin saber por qué, pensó en una peluca negra.

—Cuando por fin conseguí la visa mexicana y desembarqué en México no hablaba una palabra de español ni traía un centavo. Y acá conocí a Esperanza.

—¿Cómo fue?

Maira lo envolvió en una mirada evaluadora, inquisitiva.

—Fui a pedirle trabajo. En ese tiempo yo no podía ser muy exigente: le fui a preguntar si necesitaba alguien que tradujera del francés o del alemán.

—¿No pensó que Esperanza tenía posiciones políticas muy parecidas a las de usted?

Maira hizo un ademán dubitativo con los hombros:

—¿Cómo me iba a imaginar? De las ideas de Esperanza me fui enterando después.

—¿Nadie le aconsejó que la buscara?

Maira negó con la cabeza:

—Ya le dije: cuando llegué no conocía a nadie.

—Es un poco difícil creer que ustedes no hablaran de política. ¿Nunca le contó nada? ¿Planes, conexiones con otras personas parecidas?

Maira le lanzó su mirada verde y segura:

—Mire: yo la pasé muy mal en Europa por esas razones. Cuando llegué a México decidí cambiar de vida. Corté con todo.

—No obstante, usted ha traducido correspondencia entre el sindicato de Nueva Rosita y la Federación Sindical Mundial de Mineros, que está en Bruselas. Sé que usted y Esperanza tenían contacto con organizaciones sindicales en varios países comunistas: en Alemania, en Polonia, en Checoeslovaquia, en Rumania. Y también con los rojos en Estados Unidos.

—Ya le dije: vivo de lo que puedo. Hago muchos trabajos distintos. El teatro a veces deja muy poco, y menos a mi edad.

—Hasta donde he podido comprobar, muchos de esos trabajos los hace para gente involucrada en política.

—Es verdad: a muchos los conocí a través de Esperanza, y ya sabe usted que para ella eso era fundamental. Pero yo no participo: trabajo por dinero, soy una asalariada.

—¿Con tendencias subversivas? –sonrió Aldama.

Maira arrugó la frente y encogió los hombros, un poco harta de la insistencia:

—A mí me pagan, hago el trabajo. Nunca he sido comunista.

Aldama se recargó en el respaldo y la miró desde ahí, a punto de perder la paciencia:

—Le recuerdo que es extranjera. Es mejor que me ayude. Lo que sé de usted, sólo lo que hemos hablado hasta aquí y lo que tengo en mi archivo, podría llevarnos a una investigación más minuciosa de sus antecedentes, cuáles han sido sus actividades desde que desembarcó en Veracruz. Le podemos aplicar el artículo 33 y expulsarla del país. Coopere, por favor.

Ella dejó pasar un momento. Tomó uno de los ámbares entre el pulgar y el índice; lo hizo girar un poco, como un tornillo.

—Es poco lo que puedo decirle. El mío es un trabajo indispensable tal vez, difícil y especializado, pero accesorio. Sólo soy una intérprete.

Aldama encendió un cigarro, calculando. Si la forzaba demasiado, lo que le ocultaba podía esfumarse como un gato en una calle oscura.

Apagó el cigarro, aunque no había fumado ni la mitad, y se acomodó en una postura menos amenazante:

—Tal vez me puede contar algo sobre su vida. ¿De qué hablaban? Ayer supe que ella tenía un amante más joven. ¿Cree que eso haya tenido que ver con su muerte?

Maira agradeció el cambio de tema. Sonrió.

—¿Henry Schnautz? No, no lo creo. Era uno de los guardias de Trotsky. Se enamoró de Esperanza hace varios años. Tenían en común el gusto por los viajes, las caminatas, les gustaba explorar lugares salvajes. Una relación muy física.

—Esperanza estaba casada.

El gesto de Maira fue tan peculiar que Aldama la imaginó en el cabaret, vestida de raso rojo, las cuentas de un collar bajándole por la espalda desnuda:

—Para muchos anarquistas, no todo se reduce al dinero, las clases sociales y los enfrentamientos armados. Hay una política en el parentesco y en el matrimonio; habitamos una sociedad inicua. Incluso en nuestra intimidad hay opresores.

—¿Me está insinuando que Roberto Figueroa se comportaba como un dictador?

Maira se rio: una carcajada alegre, divertida. Amaba las paradojas y las contradicciones:

—Roberto Figueroa no es ningún tonto. Discutió con Esperanza durante años, vivió con ella todas las fases: desde el enamoramiento de su adolescencia hasta las buenas intenciones de un marido maduro y comprensivo. Tiene muy buen carácter.

Sonrió antes de seguir:

—Una vez me dijo que siempre había visto a Esperanza como a un caballo: un ser poderoso, libre, lleno de brío. Aprendió a no frenarla. Así logró vivir tantos años con ella.

—¿Qué me puede decir de Schnautz?

—Es mucho menos capaz para manejar las cosas. Más dado a los arranques. Él sí se desesperaba, sufría, amenazaba –sonrió–. Una cosa es abolir la propiedad privada y otra, renunciar a los celos.

—Y además es un guardaespaldas: ¿alguna vez fue violento con ella?

Maira hizo un ademán dubitativo, muy seria.

—Desde luego no podemos descartarlo: Henry es un tipo impulsivo. Pero adoraba a Esperanza.

Volvió a jugar con las cuentas de su collar:

—Siempre le pesó la muerte de Trotsky. Mucha gente lo miraba con desconfianza: ¿habrá sido un descuido suyo o algo peor? Más de uno sospechó que podría ser un agente encubierto. En vez de asediarme a mí, debería investigarlo a él.

Aldama le sonrió con la mayor suavidad a su alcance:

—¿Cómo podría sin su ayuda?

Maira suspiró:

—Está bien: le voy a contar lo que sé. Y tampoco crea que lo sé todo, ¿eh? Sírvase más café. Fue hace varios años. Henry la conoció porque su patrona, la señora Natalia, estaba buscando un editor para publicar algunos escritos de su difunto marido. Esperanza lo recibió en su oficina, pero en lo que hablaban de los derechos y los tirajes él se dio cuenta de que el color de los ojos de aquella rubia lo perturbaba. Cuando salió de ahí, media hora después, la publicación de los artículos de Trotsky se había convertido en algo muy secundario para él. Esa misma tarde la llamó para invitarla a salir, pero una secretaria le informó que la señora ya se había ido. Él no se imaginaba a quién acababa de conocer. Al día siguiente Esperanza le mandó una notita que equivalía a una carcajada en su cara: ella no bailaba ni fumaba ni se ponía vestidos de seda, tampoco iba a caer redonda al primer guiño de sus ojos azules. En cambio lo invitaba a escalar una montaña, uno de los volcanes que le dan un aire indomable a la ciudad de México. Henry llegó a la cita en motocicleta y pasó las siguientes horas tratando de hacer un papel decoroso junto a aquella mujer que podía caminar sin pausa y trepar a las peñas sin un instante de inseguridad. La profesionista de la primera cita se había convertido en un personaje andrógino, el pelo metido dentro de una gorra de cuero que le cubría las orejas, las botas de alpinista, una buena chamarra y unos pantalones de tela recia que aguantaban caídas, raspaduras, tiempo inclemente. Cuando llegaron a la cima que querían alcanzar esa tarde se habían vuelto amigos; ella le preguntó en broma si ya se había cansado o si quería acompañarla a montar a caballo. Ahí él ya no resistió y le pasó un brazo alrededor de los hombros. Se enamoraron tanto que él le puso un departamento en Coyoacán.

Henry llegó mucho antes de la cita para ver si todo estaba en orden: algo de comida en el refrigerador, que doña Amelia debía haber dejado desde temprano. El olor de la limpieza lo recibió al abrir la puerta, las cortinas abiertas para dejar entrar el sol, las sábanas que a ella le gustaban. Puso flores en la mesa de la pequeña estancia y en la recámara, y acomodó la fruta en un platón de talavera. Muy al principio, poco después de conocerse, ella le mandó una nota diciéndole que nadie había sabido tratarla así: le había entregado el mundo entero rodeado de flores. Desde entonces él se esmeraba, y cada vez que se veían le regalaba alguna. Esta tarde la recibiría el aroma de las rosas.

Esperanza debía haber llegado ya: casi siempre era puntual, pero para entonces Schnautz ya había aceptado que a veces estaba muy ocupada. O mejor dicho: había reconocido que eso lo atrajo desde el primer momento. Fue a la ventana por si la veía caminar en la calle; dio una vuelta por el departamento para revisar otra vez que todo estuviera impecable. Quince minutos tarde. Se miró en el espejo de la salita y corrigió un mínimo mechón sobre su frente.

Esperanza llegó veintidós minutos después de la hora convenida. Henry corrió a la puerta y borró de su cara cualquier vestigio de molestia. La abrazó para sentir otra vez el vigor de ese cuerpo. Hundió las manos en la cabellera y acarició el cráneo, jalando poco a poco hacia atrás los mechones rubios para besarla en el cuello. Ella sintió contra su falda el bulto urgente y bajó una mano para auxiliarlo en su impaciencia por salir de las trabas y las dilaciones, por salir a la luz y enfrentarla, por entrar.

Luego hacían bromas sobre el tiradero de ropa que dejaban a su paso: zapatos separados de sus pares, cinturones arrojados donde buenamente cayeran, camisas a medio desabrochar, un brassier tendido cuan largo era sobre el piso. Era difícil, después, reconstruir con un mínimo de exactitud lo que habían hecho. Sólo quedaba entre los brazos un cuerpo hecho de olores terrestres, una necesidad de aspirarlo y dejarse hipnotizar por los ritmos de sus honduras.

A Henry le gustaba que ella descansara la cabeza sobre su pecho y le contara lo ocurrido en los últimos días. Siempre sabía chismes sobre los políticos que permitían entender de maneras muy distintas las noticias de los periódicos. Le contó los preparativos del desfile del primero de mayo: los diferentes grupos llevarían pancartas antinazis y gritarían consignas y harían demandas que desde ahora preocupaban a algunos empresarios. Se estaba divirtiendo, como siempre, pero de pronto ella se incorporó a medias para buscar su reloj.

—¿Te vas ya, tan pronto?

Esperanza volvió a reírse: el sonido le pareció tan luminoso como una mecha de sus cabellos.

—¿Hasta cuándo quieres que me quede? Me urge pasar a la oficina antes de que sea más tarde.

—¿Cuándo vas a poder quedarte más tiempo?

—Henry, llevo aquí tres horas.

—Es muy poco. Siempre es muy poco. Quiero que te olvides de todo, que dejes todo y te vengas conmigo a los Estados Unidos. Quiero que conozcas a mi familia. Allá podemos empezar otra vida, dejar de escondernos, construir un futuro para los dos.

Esperanza le revolvió el pelo y se sentó entre las almohadas.

—No seas malo. No me digas todo eso hoy, porque te tengo una noticia.

—¿Por fin te decidiste?

Esperanza fue al baño a buscar un cepillo, pero regresó a sentarse en la cama, muy seria.

—Mi cielo, ya hemos hablado de eso: no puedo dejar a Roberto. Ya sabes que él y Gabriel me necesitan. Pero por favor no volvamos a ese tema –lo abrazó, cariñosa–. No vale la pena discutir cuando hemos pasado una tarde tan preciosa.

Henry la miró desde abajo, impaciente.

—No, lo que quiero decirte es que me voy de viaje.

—Me parece excelente, te acompaño.

Esperanza dio un jalón más fuerte al cepillo.

—No puedes acompañarme –se cepilló vigorosamente, buscando palabras para apaciguarlo–. Es una aventura, una misión secreta.

Él encendió un cigarro para contener su impaciencia.

—¿A dónde te vas?

—¿Ves? Yo te quería contar esto, que es una maravilla, y en vez de que te dé gusto ya estás furioso conmigo. ¡Cómo eres!

Henry hizo un esfuerzo. No quería pelearse con ella antes de un viaje. Apoyó la cabeza en su regazo y la miró desde ahí:

—¿A dónde vas?

Ella le hizo un cariño y volvió a sonreír. Procuró contener su mal humor mientras la escuchaba hablar de algo que siempre la apasionaba. Desde hacía dos o tres años Esperanza estaba en contacto con un escritor alemán al que nunca había visto. Ya había traducido una novela suya, que acababa de publicarse, pero sólo había tratado con él a través de cartas o por teléfono. No, ni siquiera por teléfono había hablado nunca con él, sino con un agente a quien tampoco era fácil localizar y a quien tampoco conocía en persona. Y ahora, por fin, le había dado una cita. Según le había dicho, iba a encontrarse con el agente, pero sospechaba que por fin iba a ver al escritor en persona. Faltaban tres días.

Por supuesto, pensó Schnautz, nada podía ser sencillo con ese tipo. Quería que ella fuera a encontrarlo en Oaxaca, porque no quería arriesgarse a venir a la ciudad de México. Insistió en que le permitiera sumarse al viaje y recibió otra negativa. Dio un jalón más fuerte al cigarro y se preguntó qué le habría contado ella a Roberto para ocultar su cita de esa tarde. ¿Dónde decía estar Esperanza cuando se encontraba con él?

Los días siguientes fueron una prueba difícil. Todas las mañanas llamaba a la oficina de Esperanza, donde nunca había noticias suyas, y todos los días la voz de la secretaria lo decepcionaba, como si con cada palabra comprobara la distancia entre esa voz y la de Esperanza, pero al día siguiente volvía a marcar aunque supiera que no iban a decirle nada nuevo. Llamar se había convertido en un ritual. Casi disfrutaba la pequeña expectativa inútil, el ruido del disco al regresar, la cancioncita de los números, la interminable escala de trivialidades que no lograba llenar el tiempo sin ella. Llamar le ayudaba a seguir mientras trabajaba para doña Natalia, un empleo que combinaba funciones secretariales, de vigilancia y de apoyo. No era una gran compañía para la viuda de Trotsky pero se llevaban bien; ella le tenía confianza y delegaba en él muchos pendientes de su vida cotidiana. En los ratos libres Schnautz veía a sus amigos, aunque ya le aburrían, recorría en motocicleta las calles de Coyoacán con la certeza de no hallar nada interesante, hacía un poco de ejercicio, tomaba fotografías de escenas callejeras, de sitios que le parecían pintorescos, iba al departamento a escribirle cartas a su hermana.

Le había propuesto a Esperanza que se casara con él. Estaba seguro: su matrimonio con Roberto era una farsa. Pronto aceptaría la felicidad, querría tener hijos, estaría dispuesta a irse con él, a cambiar su vida mexicana por una nueva oportunidad en los Estados Unidos. Entonces estaría mucho más tranquila, sin tantas ocupaciones que ahora la agobiaban. Henry llenaba páginas y páginas describiendo sus planes, narrando su vida con ella en esa ciudad a la que se había acostumbrado sin darse cuenta.

Un día Esperanza le habló. Le recordó que era una llamada de larga distancia y no podían tardarse. Estaba bien, sí, se había encontrado con el alemán, tenía cosas importantes que contarle, lo extrañaba, estaría de regreso muy pronto. No, no podía darle el teléfono porque se estaba yendo en ese instante. Henry sintió el frío del auricular en su mano, incapaz de unirlos.

Ese viernes, a media mañana, recibió otra llamada suya. ¿Podían comer juntos? Había regresado la noche anterior y tenía enfrente un día de locos. No podía ir hasta Coyoacán, pero si él tenía ganas de encontrarla en el centro, en un restaurante que les gustaba... Necesitaba contarle: el viaje había sobrepasado todo lo imaginable.

La vio entrar con el aire profesional de siempre: guapa, atareada, contenta de verlo por fin. Le dio un rápido beso en la mejilla y se sentó frente a él. Se rio cuando le dijo cuánto la había extrañado y empezó a describirle la selva, las orquídeas, las mariposas (te mandé una postal, ya debería haber llegado), el rancho, la cabaña donde por fin se había encontrado con el alemán. Tenían razón: era el propio escritor en persona, no un simple agente. Pero eso era lo de menos.

Había tenido que viajar hasta allá porque en cuanto se registró en el hotel de Oaxaca le habían dado un mensaje donde él le avisaba que estaba muy enfermo. Apenas le había dado tiempo de ir a una farmacia a surtirse de lo más básico (era enfermera titulada, ¿se acordaba?) antes de treparse a un camión, luego a un taxi, por fin contratar a un guía en un poblacho, en una fonda indicada por él y recorrer a caballo los últimos kilómetros hasta aquel lugar remoto, el quinto palodulce.

La cabaña de tablones, el fragor de los insectos, el calorón, el hombre tirado en una hamaca, incapaz de incorporarse a saludarla. El leve acento disfrazaba un español bastante correcto, porque llevaba años viviendo en México. La rápida auscultación, una fiebre altísima, algún bicho tropical, las medicinas. Schnautz se sintió bruscamente consciente del minúsculo reloj de oro que brillaba en la muñeca de Esperanza, un tirano que parecía sonreírle con sarcasmo. Entre los espejos, el ir y venir de los meseros, el aroma de la comida, Esperanza era sin duda ella, pero algo había cambiado y él no podía determinar exactamente qué. Extendió la mano por encima de la mesa para tomar la de ella. Quiso con ese gesto cubrir el reloj.

—No sé cómo te va a sonar esto. Ahora te lo digo como si fuera lo más normal del mundo, pero cuando él me lo dijo sentí que me moría.

Tenía que comunicarle dos cosas muy distintas. Primero, una gran noticia. Era sensacional, un triunfo, pero quizá no totalmente inesperada: el escritor le había propuesto que fuera su agente en toda Latinoamérica. «Yo casi no voy a la ciudad, me siento atrapado cuando piso una oficina, siento que me persiguen en esas calles desordenadas, necesito vivir dedicado a mis escritos. Necesito a alguien como usted. Necesito a alguien que domine el idioma. Una persona trabajadora pero también valiente, dispuesta a jugársela por mí.»

Esperanza le estrechó la mano, buscando la tierna admiración de quien la quería y había venido para compartir su euforia.

—¿Te imaginas? Yo casi no sabía qué contestar. Le dije que esos libros no son para lectores alemanes, no son para que los lean en Nueva York. Son libros para México, son las novelas que hablan de la revolución. Apenas acepté, él insistió: necesito a alguien como tú.

Schnautz trató de no reaccionar con demasiada violencia, pero ella resintió la contracción de su mano, lastimándola. Retiró la suya sin enojarse. Él necesitaba acostumbrarse y era mejor tener paciencia. La historia apenas empezaba.

Hizo un esfuerzo por seleccionar sus palabras con el mayor cuidado; lo que iba a decirle no era fácil pero era ineludible.

Necesitaba imaginar el país sacudido por la revolución a principios de siglo, un empresario alemán perdido en el desbarajuste tropical, las fiestas en las embajadas, los negocios. Una aristócrata inglesa enferma de los nervios, atrapada en un matrimonio infeliz con un español celoso, la fácil atracción entre dos europeos ajenos al idioma castellano. Una niña rubia que se quedó en manos del alemán cuando la madre enfermó seriamente. Él había acudido a una amiga de la familia, Elena Mateos (*Yo siempre había creído que la tía de Roberto y de Gabriel era mi mamá. Siempre me lo han dicho, me parezco a ella*), y le había encargado a la niña porque se sentía incapaz de cuidarla. Además, necesitaba alejarse, no quería seguir viviendo en la ciudad aplastada por la mano dura de Victoriano Huerta, cuyo gesto de asesino lo ofendía. Desde entonces se había acostumbrado a la selva: había compartido las privaciones de los indios, había explorado la región, había escrito sus libros, aprendido un poco de tzotzil. Nunca había dejado de averiguar noticias suyas y de su hermano. Siempre se había carteado con Elena, podía mostrarle las fotos que ella le había mandado a lo largo de los años. Desde la distancia la había visto crecer, la había cuidado, había aplaudido sus logros. Había sido muy conmovedor para él que ella se interesara en traducir la primera novela, aunque sospechó la intervención de Elena. Pero ahora quería recuperarla. Aspiraba a merecer su compañía para iluminar sus últimos años.

Esperanza se encaró con Henry en el restaurante y le imploró que entendiera. Era inesperado, parecía absurdo, sacado de una mala novela (*Sí, de ésas que escribía mi tío Juan, una novela de capa y espada*), pero tenía que creerle. Toda su vida había dado un giro. Hoy en la mañana no había podido verlo porque necesitaba hablar con su madre. Elena le había contado muchas cosas sobre aquel viejo amigo y había confirmado la historia: el alemán era su padre. No quería fallarle, aunque acabara de surgir de la nada. Lo miró con una expresión de tristeza: había crecido en la orfandad, y ahora él reaparecía, venía a contarle escenas, detalles, razones. Sólo eso podía explicar la atracción que sentía por sus novelas, el sentimiento de encontrar algo que ella siempre había anhelado aunque antes no pudiera describirlo. Henry debía entender. Había sido algo mágico: un día entró a una librería y vio un libro que ahora reconocía como una edición pirata, una traducción no autorizada por él. La empezó a leer ahí mismo, de pie entre los estantes y se sintió hechizada, algo se apoderó de ella a pesar de las torpezas del traductor; no había podido soltar el libro hasta que lo acabó dos días después. Ahora comprendía ese imán inexplicable. Necesitaba tiempo para conocerlo, hablar con él, asimilar la noticia.

—Vamos a vernos constantemente. Estaré viajando a Oaxaca por lo menos una vez al mes.

Schnautz se recargó en la silla, ofendido.

—Pero ibas a casarte conmigo…

—Henry. No es posible que no entiendas esto.

Le dio un trago a su cerveza, procurando mantener la calma:

—Esperanza, llevo días extrañándote, aguardando tu regreso, planeando este encuentro. Tú sabes cuánto quisiera que dejaras todo para vivir conmigo. Podríamos tener niños…

—Henry, yo no quiero tener hijos, por eso nunca los he tenido con Roberto. No soy del tipo maternal. Necesitamos hacer muchas cosas para cambiar este maldito mundo. ¿Tú crees que puedo tener un hijo para luego explicarle que hay gente destinada a morirse de hambre, pero está bien que él venga a comer a lugares como éste? ¿Puedo tener una hija para obligarla a aceptar que las mujeres deben subordinarse a los hombres? ¿Crees que puedo traer a alguien al mundo para decirle que hay guerras y lo único posible es leer en el periódico a cuánta gente han matado? Traven… mi papá dice en uno de sus libros que cada hijo que uno trae al mundo es otro eslabón en la cadena de la esclavitud.

—¿No te importa que yo quiera cuidarte, hacerme cargo de ti, ayudarte a olvidar todas esas injusticias, trabajar contigo para cambiar las cosas?

Esperanza movió la cabeza, abrumada. Cuando volvió a hablar lo hizo con una voz más dulce.

—Por favor, trata de entenderme. Yo también te quiero. Pero Traven forma parte de mi vida y eso no va a cambiar.

Arrancó un pedazo al bolillo que tenía frente a ella y lo untó con mantequilla.

—Soy su traductora. Ya le traduje una novela y acabamos de hacer un plan editorial para los próximos años; va a haber un libro suyo en las librerías cada dos, cada tres años cuando mucho. La gente debe leerlo en México: es otra idea de la revolución. Vamos a hacer películas basadas en sus libros, Gabriel está interesadísimo –Henry seguía enojado, pero hizo un esfuerzo para controlarse–. No es posible que no entiendas esto.

Mordió el pan con mantequilla y cambió de estrategia.

—Trata de entender cómo me siento. Siempre había pensado que era hija de Elena. Crecí con mis hermanos sin imaginarme nada, pensando que nuestro padre estaba muerto, compartí la orfandad con Roberto y con Gabriel, con Fito. Y ahora recupero a mi papá. Soy otra persona: tengo que explorar lo que significa.

Schnautz se sintió perplejo. Volvió a acariciarle la mano por encima de la mesa.

—Claro, preciosa, te entiendo. Me imagino lo que te está pasando. Y ya lo sabes: yo te adoro –de nuevo el relojito de oro volvió a hacerle un guiño–. Sólo quisiera regresar contigo a Coyoacán.

Esperanza le sonrió.

—Vamos a regresar. Hoy no, es lo que estoy tratando de explicarte. Pero no necesitas tomarte las cosas con tanto dramatismo. Entre tú y yo no cambia nada.

Cariño:

Estaba traduciendo la novela, llegué a la palabra «domesticar», pero me equivoqué al teclearla y escribí «dementicar». ¿No te parece un hallazgo, igual que la variante doméstico/deméntico? Me puso de buen humor durante todo el día; vi un rato a Henry, quizá pasamos una de nuestras mejores tardes juntos. He of course could never get it.

Estas palabras en flujo, sacudidas por uno de los sismos de esta tierra, por las erupciones de los volcanes, tantas otras en plena transformación, ni alemanas ni inglesas ni españolas, sino en proceso de decir algo siempre provisional, sujeto a revisión. Como nosotros: un perpetuo desestabilizar, un continuo dejar-de-ser-no-ser-todavía esos seres congruentes afiliados a la respetabilidad burguesa, esos yo-quizás-aún-soy-otra-u-otro, ojalá nunca el ciudadano que revela su honesta cara despejada en los documentos de identidad. Nunca idénticos. Jamás identificados, no del todo.

And yet, *hay instantes, cariño, hay instantes de alineamiento, cuando los astros errantes convergen en un dibujo y tenemos la suerte de verlo, fugitivo, un trazo hecho con nuestros minutos y nuestros fragmentos, un diseño a lápiz porque se*

*puede borrar y cambia a cada momento. Y de repente, por ins-
tantes, se revela casi entero. Y casi tiene sentido.*

  Hoy te amo
  E

Aldama salió de casa de Maira con el tiempo justo para alcanzar a su amigo Novo, que le había dado cita en un café. Era una pequeña hazaña, porque no era fácil verlo; había quienes lo acusaban de contestar el teléfono fingiendo la voz, diciendo que el señor no estaba, y Aldama siempre temía que los trucos de los que se valía para localizarlo no funcionaran ya. Eran amigos desde hacía muchos años, cuando recalaban en un bar del centro, huyendo de sus respectivas obligaciones, Aldama dispuesto a piropear a las meseras, Novo buscando algo más difícil de nombrar, aunque se prestara a los albures. Cuando se conocieron, Marco sospechó las inclinaciones de Novo, pero se sintió muy a gusto en su compañía; se acostumbró a conversar con él con cierta frecuencia, a aceptar sus modos y sus bromas, sus invitaciones a explorar el mundo del ligue callejero. Poco a poco Novo se volvió menos cauteloso y más amanerado, se permitió comentarios más directos, insinuaciones, bromas. Entre disimulos y sobrentendidos habían establecido una amistad que les permitía relajarse y hablar de las dificultades y enigmas de cada día.

Novo llevaba más de veinte años escribiendo en distintos periódicos. Su mala lengua era temida por los políticos y hombres influyentes que preferían comprar su amistad a arriesgarse a ser mencionados desfavorablemente en aquel espacio leído por todo el mundo. Entre chismes de sociedad, comentarios sobre las noticias del momento y supuestas confidencias que daban al conjunto un aire íntimo y desenfadado, Novo pasaba lista a los protagonistas del día, hacía o deshacía reputaciones, *grillaba*. Era una fuente de información inestimable, en parte por su amistad con personas como Aldama, que lo mantenían al tanto de lo sucedido en medios muy distintos, pero sobre todo gracias a sus aventuras con policías, meseros y choferes que en instantes confidenciales le informaban de detalles y negocios clandestinos, de la fracción secreta de la vida que sus interlocutores más ilustres se esmeraban en ocultar, en cubrir con los velos más espesos y frágiles, rasgados por la pluma voraz, incisiva y venal de Novo.

Marco fue el primero en llegar al café, un lugar afrancesado, abierto hacia la calle, donde mucha gente se reunía a ver pasar a la multitud y a intercambiar chismes. Novo llegó al poco rato, muy ufano, estrenando una corbata anudada con mucho arte. Se moría por escuchar lo que iba a contarle Aldama, pero también por comerse un pedazo de pastel: acababan de contratar a un nuevo repostero y le había dado por imitar las recetas. Aldama miró la montaña de crema y chocolate que le sirvieron y no pudo evitar una sonrisa. El café estaba excelente.

—Delicioso. Uno de estos días me voy a poner a dieta, mira cómo me estoy desbordando. Pero por el momento... mmmmh... necesito algo que me sostenga mientras me cuentas el horror que estás viviendo.

—Necesito tu infinita erudición mundana. Tú seguramente conocías a la traductora de Traven...

—¿A Esperanza? ¡Cómo no! Pobrecita. Ya les di el pésame a Roberto y a Gabriel.

—Pensé que nos íbamos a encontrar en el velorio.

Novo movió la cabeza de un lado a otro:

—Hice una visita fugaz, cerca de medianoche.

—¿Qué me puedes contar sobre ella?

—¡Qué no te puedo contar! Casi te diría que estudiamos juntas con las monjas, pero sería una exageración. Ella era atea, como toda su familia. Su abuelo y sus tíos pelearon en las guerras de Reforma del lado liberal. A uno lo fusilaron entre los Mártires de Tacubaya. Hay una anécdota muy buena: cuando Esperanza tenía como trece años entró a trabajar de enfermera al Hospital de Jesús porque apenas se estaba apaciguando la revolución y su familia andaba muy pobre. Ella estaba chiquita, pero ya era algo serio. Le dieron lástima las monjitas, tan encerradas, tan de a tiro pendejas, y se puso a hablarles del mundo de afuera: una ciudad donde las mujeres manejaban y se cortaban el pelo. Las empezó a corromper, pues, con tan buen resultado que una se escapó del convento y otra colgó los hábitos para casarse, por lo menos para estrenar un vestidito corto. Los curas la llamaron para regañarla, pero ella les discutió y también trató de convertirlos. Una mujer de armas tomar. Yo la quería mucho.

—Estoy encargado de investigar el caso.

Novo hizo una sonrisa de «¡Uy, qué miedo!».

—No sé qué tan enterado andarás. La versión de la familia es que se suicidó. Tal vez hay algo más, pero no he encontrado nada concluyente.

—Mmmmh… Siempre le dijeron que iba a acabar mal por revoltosa. ¿De quién hablamos?

—Me faltan datos, pero ¿te acuerdas de que ella tuvo un papel muy destacado en la huelga de los mineros, hace menos de un año? Parece que cuando fue a Nueva Rosita la amenazaron, incluso entraron a su cuarto en el hotel y revolvieron sus cosas.

—Pero a los mineros ya los hicieron puré.

—Sí, pero sigue habiendo reuniones, hay otros conflictos obreros en puerta. Eso no se ha calmado ni se va a calmar en los próximos años; sólo va a crecer. Ella siguió en contacto con los mineros hasta el final; varios vinieron a su entierro. Esperanza se involucró en ese asunto desde acá, porque fue la encargada de llevarles el dinero reunido por una liga de intelectuales y sindicalistas. He conseguido ubicar a algunos, otros no han querido hablar conmigo. Como te imaginas, deben ocultar muchas conexiones que se me escapan.

—¿Por ejemplo?

—A ver cómo te suena: ella tradujo los libros de Traven, que son novelas sobre la revolución mexicana pero, según entiendo, no se preocupan tanto por la reconstrucción histórica como por relacionar esas rebeliones del pasado con la situación actual. Pueden ser leídas como manuales de instrucción revolucionaria, según me contó alguien que las ha leído todas.

Novo saboreó su café.

—¿Qué estás insinuando? ¿Piensas que la traducción de esas novelas fue parte de una estrategia de propaganda política? No hagas esa cara: la mayoría de las novelas publicadas sobre la revolución lo son, de una forma u otra.

—¿Tú crees que Traven es un fantasma, y que esas novelas fueron escritas por Esperanza?

Novo sonrió:

—Eso cree mucha gente. Yo soy más malpensado: ahí hay una estrategia genial para llamar la atención. En vez de un señor más o menos aburrido, que declare estupideces en las entrevistas, tienes esta historia del fugitivo, la vida en la clandestinidad, un vacío sobre el que cada quien puede imaginar un pasado lleno de aventuras y personajes trágicos: tú dime y nos lanzamos. Una versión modesta y prosaica, colaboración de tu servilletita bordada, apunta a la intervención de Gabriel Figueroa en busca del siguiente taquillazo.

—¿Tu amiga Esperanza escribió esas novelas?

Novo hizo un gesto de duda:

—Yo no digo que no. Pero imagina esta hipótesis: el escritor vive escondido, o tal vez ya murió. Esperanza hace las traducciones. Lo que está a la vista es que ella, además de traducir muy bien, le ofreció a Traven, o a los dueños de sus derechos, su conocimiento del negocio editorial y sus vínculos con el cine, a través de Gabriel. De inmediato se negoció la filmación de una película basada en una de las novelas. Era una mujer eficiente, muy lista: Traven la nombró su agente porque se dio cuenta de sus grandes habilidades para ese trabajo. Pero claro, cuando decimos «Traven» señalamos un agujero. Un misterio. ¿Quién es?

—Hoy me mandaron un sobre con información sobre él. Entre otras cosas, parece que no puede regresar a Alemania por su pasado anarquista, lo cual nos llevaría a indagar las posibles conexiones de los mineros con esos movimientos.

Novo frunció la nariz.

—Ella tuvo vínculos con muchas organizaciones: estuvo en contacto con el sindicalismo desde los treinta. Vivió de muy cerca el proceso de control de los movimientos obreros. Desde hace años trabaja con Lombardo Toledano: ya sabes que lo expulsaron de la CTM. Sí, aunque te parezca raro: este movimiento de los mineros se escapa del sindicalismo charro. Como ves, Esperanza nunca perdió la pasión de organizar a la gente y estar en primera fila con los rebeldes. Pero tú me estás preguntando si además fue un contacto en otro nivel, si a la persona que responde al nombre de Traven le interesaba vincularse con los medios políticos en que ella se movía.

Novo cortó un trocito de pastel y lo saboreó con mucho cuidado, tratando de determinar los ingredientes:

—¿Por qué esta vocación mía por el pecado, incluso a la hora del cafecito? –suspiró y movió la cabeza de un lado a otro, abrumado por la enormidad de sus faltas y su aún más enorme carencia de interés en combatirlas–. Ahí hay un hilo a seguir: quizá la incógnita llamada Traven no es sólo un escritor, sino un agente o un grupo anarquista, que nunca ha dejado de hacer política. En esta teoría, la tendencia antiobrera del gobierno se está topando no sólo con una oposición interna ya muy conocida, donde se alinean Lombardo y Esperanza, sino también con otro enemigo internacional, una organización de la que Traven sólo es una parte mínima. Hay tantos exiliados en México, tanta gente escapada de guerras, de pasados militantes. Nos hemos llenado de lo peorcito. Quizás acá anarquistas y trotskistas tratan de reorganizarse. Pero lo sucedido en Nueva Rosita no es nada alentador para esta conspiración que estamos suponiendo. No es imposible. No lo había pensado.

—¿Qué más sabes de Traven?

Novo alzó los hombros, coqueto:

—Por más que me gusten los misterios y los hombres, éste no se me ha puesto a tiro. Es un secreto muy bien guardado. Más que una persona parece una estrategia: existe, no existe, es Esperanza, es un alemán anarquista, es un gringo fugado de sus deudas, un viejo secretario de Zapata a quien todos creíamos asesinado... Vete tú a saber. Es un comodín que se puede sacar para muchas jugadas. De lo muy poco que sí es indudable es que si alguien lo conocía y sabía de él, ese alguien era Esperanza. Podemos imaginar al escritor perseguido, víctima de sus miedos y a punto de convertirse en un caso clínico de paranoia, o bien a un agente de organizaciones siniestras, aunque muy diestras en lo suyo, y muy astutas. O bien, ella era mucho más lista de lo que pensamos y nos engañó a todos durante años, hipnotizándonos con su vida imaginaria.

Aldama bebió un poco de café. Dejó transcurrir unos instantes antes de poner sobre la mesa el sobre que le había dado la mesera.

—Hace un rato me dejaron esto en una cantina. Hazme el favor de revisarlo.

Novo le echó un ojo a los recortes, a las fotos y a la carta.

—Como puedes ver, la idea de que Traven es un anarquista que está en México para reorganizar el movimiento tiene otros defensores.

Novo dio otro trago al café:

—La cosa se pone fea. ¿Quién tendría tanto interés en destapar al indescifrable Traven?

—Para eso vengo a consultarte.

—¿Tengo cara de pitonisa? ¿De pitóloga? A ver, mi bolita de cristal. Hasta aquí razonamos de manera irreprochable aunque un poco predecible.

—¿Algún enemigo de su hermano?

—Eso no está nada mal. Fito es todo un personaje. ¿Hablaste con él?

Aldama hizo una seña afirmativa.

—¿No te pareció guapísimo? Es distinguido, elegante, un cuerpazo… No te hagas: puedes darte cuenta de lo que te digo sin que sufra tu inmaculada hombría. El pobre sufre migrañas. Espantosos dolores de cabeza.

Aldama abrió un poco más los ojos. La palabra flotó un instante sobre la mesa. Las dolencias en la cabeza estaban afectando a muchos, en esos días.

—¿Sabías que estaba peleado con Esperanza, que habían dejado de hablarse?

—No me extraña. Siempre tuvieron piques entre ellos. Eran muy distintos: ella muy aguerrida, muy dispuesta a arriesgarse por lo que estimaba justo. Él en cambio es diplomático, hábil, con mucho tacto.

—Ella está muerta y él es senador.

—Él también es muy listo, en su propio estilo. Yo pienso que tiene una gran carrera por delante.

—¿Le perjudicaría tener una hermana como ella?

—En algunos momentos ha sido inconveniente, cómo no. Te apuesto que muchas veces él hubiera preferido que ella no saliera en la foto. Pero también es cierto que eran muy cercanos y que muchas veces trabajaron juntos.

—Él desaprobaba su trabajo con los mineros.

Novo sonrió:

—No lo dudo. Él es abogado laboral, conoce muy bien el campo. No sé nada reprobable que contarte respecto a él, pero sí te digo que los de la ASARCO sobornaron a Ramírez Vázquez, el secretario del Trabajo, para que resolviera el asunto de los mineros a su favor. Para ese espejo de funcionarios de la revolución aceptar un soborno es lo de menos. Se ha oído su nombre conectado con asuntos bastante turbios. ¿Te acuerdas de cuando mataron al general Altamirano?

Aldama había estado jugueteando con una cucharita, pero la dejó sobre la mesa al oír el nombre.

—¿Qué tiene que ver Altamirano?

—Ya sabes, ese crimen nunca se esclareció. El asesino se escapó entre los clientes del Café Tacuba, que no pensaron en detenerlo, y nadie volvió a saber nada.

—Tampoco es que se haya investigado mucho. Como tú sabes mejor que yo, ese crimen permitió que Alemán llegara a la gubernatura y de ahí a la presidencia, así que nadie quiere hacer preguntas indiscretas.

—Y ninguno de nosotros va a afirmar que el presidente Alemán estuvo implicado, ¿verdad? Yo mismo tendría mucho cuidado antes de decir algo así: arruinar el entusiasmo porque al fin tenemos un presidente civil, después de tantos militares. Pero quizá si te pones a revisar los antecedentes de Ramírez Vázquez descubras algo: tal como Alemán llegó a la presidencia, Ramírez Vázquez se hizo de su Secretaría.

Aldama quiso preguntarle más detalles, pero Novo ya se estaba lanzando a una de las especulaciones que sus lectores festejaban tanto:

—Claro, ese crimen ocurrió en el Café Tacuba, a la hora en que está lleno de gente, con la esposa de Altamirano sentada en la línea de los tiros, no fue algo tan discreto que podría confundirse con un suicidio.

Montó otro trocito de pastel en el tenedor y lo contempló, jugando a la renuncia, antes de llevárselo a la boca.

—¿Será que con la edad uno se va volviendo más discreto y más considerado, o que nuestro gobierno va adquiriendo madurez política? –saboreó lentamente el bocado–. No sabes, está delicioso este pastel, este fin de semana lo preparo. En fin. No sería difícil que Fito haya sabido lo del soborno a Ramírez Vázquez y muchos otros tejemanejes relacionados con la huelga de los mineros. Y por aquello de no te entumas... Alguien interesado en asegurar su discreción: quitan de en medio a la hermana y a él le mandan una advertencia. A él, a sus superiores, a quienes trabajan en ese grupo. Hasta donde yo sé, es un tipo recto, su línea política no es tan distinta de la de Esperanza, pero quizás en los últimos tiempos se ha ido moderando, se ha identificado con las tendencias más sensatas.

—¿Qué tanto lo perjudicarían si se supiera que su hermana era parte de un grupo anarquista?

—Si esa información cayera en malas manos podrían crearle una situación incómoda, pero, al fin y al cabo, la intervención de Esperanza en la huelga no fue ningún secreto, y hasta ahora eso no ha impedido que él siga navegando con el viento en popa –suspiró, encantado con la metáfora–. No sé qué tan peligrosa pudiera ser esta información, a menos que le pusieran un cuatro y quisieran implicarlo.

Jugueteó un poco con un pedazo de pastel, marcando agujeritos en el betún con las puntas del tenedor.

—Quién sabe. Alguien interesado en perjudicar su carrera podría tratar de presionarte para que hicieras algunos hallazgos, que entonces procederían de una fuente institucional, relativamente confiable. Querrían demostrar que tras la fachada cada día más irreprochable de Fito se agazapa alguien dispuesto a tirar bombas, a hacer tambalearse las instituciones. Puede ser. Están a punto de destapar al candidato. Hasta he oído por ahí el rumor de que si sale Ruiz Cortines, se perfila como secretario del Trabajo para el próximo sexenio.

—¿Tú crees que para él es mejor que ella esté muerta? Un suicidio, algo estrictamente privado: la mujer se deprime, se pega un tiro, fin de cualquier problema.

—En términos muy fríos. Es su hermana, no creo que ande muy alegre en estos días. Pero, desde el punto de vista de su biografía pública, sin duda. No sé. A ver cómo te suena esta hipótesis: entre más sube él, más se nota el contraste. Le interesa parecer de izquierda, resaltar su trabajo a favor de los trabajadores, figurar como un tipo comprometido. Y entonces la hermana tiene gestos radicales que él jamás se permitiría.

Hizo una seña al mesero para que le sirviera más café.

—Ahora Esperanza ya no puede hacer declaraciones ni insultar a ningún general, como hizo en Coahuila. Queda eliminado todo peligro de actos extremos que comprometan la línea oficial, y en cambio ella deja detrás una reputación envidiable. Ahora Fito puede cosecharla, agregar discretamente ese detalle a su propio perfil de político honesto, que simpatiza con causas justas, ha intervenido en política desde que fue vasconcelista en su adolescencia, en fin.

Encendió un cigarro y olfateó el humo con los ojos entrecerrados en una expresión felina. Lanzó una voluta que se desenvolvió sobre la mesa.

—No está mal lo que dices. Nos hemos entretenido toda la tarde. Hay toda una veta que explorar: Fito es protegido de don Isidro Fabela, quien se distingue por su trayectoria como diplomático, pero también tiene los pies muy bien plantados en el Estado de México.

—¿Protegido? ¿Y eso qué quiere decir?

Novo se rio, malévolo:

—No es lo que estás pensando. Son medio parientes: un tío de Fito se casó en segundas nupcias con una tía de don Isidro, o algo así. Se conocen desde que Fito y Esperanza eran niños. El caso es que don Isidro ha construido alianzas con empresarios y políticos ambiciosos; no andan detrás de un pinchurriento sexenio, sino de un poder mucho más sólido, que los ponga en situación de tomar decisiones duraderas. Fito es guapo, simpático, sale bien en las fotos, les gusta a las mujeres: puede serles muy útil. Ahí tienes todo un posible futuro para la patria. No van a dejar que se les atraviese una güera aficionada a escribir.

Aldama hubiera querido tomar una foto: el gesto de Novo, el vaivén de la mano, el tono de voz. Tras sus aspavientos de repostero adivinó el discernimiento, los cálculos, la puntería de un analista político que por el momento ya no le iba a decir mucho más. Le hizo una inclinación de cabeza llena de gratitud y pidió la cuenta.

Se bajó del tranvía dos paradas antes de donde le correspondía: el aire de la noche lo ayudaría a meditar. Le gustaban esas callecitas con camellón, interrumpidas de pronto por una glorieta; había poca gente en la calle. Tenía que cruzar la plaza donde instalaban el mercado. Los puestos ya estaban levantados pero aún había tepalcates, cáscaras de fruta tiradas por ahí, charcos, uno que otro huacal vacío, despojos que atraían a los perros flacos del vecindario. No vio a los niños hasta que estaban casi junto a él, rodeándolo; seguramente se habían escondido en algún rincón, comiéndose las sobras que habían podido pepenar.

—Deme para un taco, jefe.

No podía tener más de trece o catorce años, porque no había acabado de crecer: sobre la camiseta de rayas llevaba un suéter viejísimo, arremangado, con las mangas deshilachadas. Aldama trató de acelerar el paso, evadiéndolo, pero le salió al encuentro otro chamaco de la misma edad.

—No sea así.

Alcanzó a ver al tercero, un poco mayor: flaco, de overol y con cara de pocos amigos, aproximándose desde un zaguán. Los otros trataron de sujetarlo. Quiso sacar su arma, pero el mayor se acercó a arrebatarle la cartera y le dio un empujón.

Aldama estuvo a punto de perder el equilibrio y se golpeó contra un muro de piedra. Alcanzó a darle un cachazo en la cara al asaltante; vio su gesto de dolor, la mano sobre la nariz que empezaba a sangrar. Oyó los gritos de los otros al ver la pistola. Salieron despavoridos, el mayor gritando maldiciones y prometiendo que regresarían por él.

Se irguió, se guardó el arma y caminó más rápido, concentrándose en el ruido de sus pasos en el asfalto, alerta por si los oía regresar. Le dolía el hombro estrellado contra la pared. Cuando llegó a su casa vio manchas de sangre en la camisa; se había dado un buen raspón y tenía el hombro morado, hinchada la zona de la clavícula. Se puso un poco de hielo, pero le siguió doliendo. Despertó en medio de la noche para esquivar un camión de redilas que se lanzaba contra él en el sueño.

A la mañana siguiente Marce traía un vestido floreado, cuyos tonos rosas y anaranjados iban bien con su piel. Andaba de buen humor. Antes de abrir la puerta la oyó canturrear una tonada que no alcanzó a reconocer, pero era fácil imaginar los revuelos de su amplia falda sobre la pista de baile, aunque por ahora se contentara con ofrecerle café y dejar sobre su escritorio varios legajos llenos de documentos y recortes de prensa.

—¡No te imaginas! Todavía no acabo, hay muchísima información.

Aldama se acercó al escritorio con precaución y se sentó con cuidado. Ella soltó la carcajada, pero su expresión cambió rápidamente:

—¿Qué tienes?

Él hizo una mueca de dolor:

—Me asaltaron anoche. Iba de camino a mi casa. No alcanzaron a robarme nada, pero no puedo mover el brazo. Mira: sólo lo puedo levantar hasta aquí.

El brazo con el codo doblado le llegaba apenas a la altura del hombro.

—Me duele mucho, pero no es nada. En unos días voy a estar bien.

Marce hizo un gesto compasivo:

—¿No quieres que te traiga una pastilla para el dolor?

—El café está muy bien. Más bien dime qué averiguaste.

—Hay varios asuntos. Uno: la muerte de Esperanza es mencionada en la columna de Novo de hoy. Es una especie de obituario, de cuatro renglones, pero está en el contexto del tapado y la sucesión presidencial.

—Déjamela aquí, me urge leerla. ¿Qué más?

—Hay bastante sobre Ramírez Vázquez, mucho material sobre los mineros. Llamé a los Figueroa, pero no conocen al escritor. Dicen que sí, Esperanza lo trató durante años, pero ellos jamás lo han visto. Si acaso han oído su voz en el teléfono. No tienen ningún dato ni nos pueden ayudar a localizarlo. Pero encontré todo esto sobre Traven.

Levantó de la mesa el legajo más grande.

—Hay muchas lagunas en la información. Para empezar, ni la embajada alemana ni el servicio de inmigración en México tienen registros de ninguna persona con ese apellido.

—¿Habrá entrado a México sin papeles?

Ella asintió:

—O con otro nombre. No sabemos por dónde ni cuándo. Tampoco se sabe su edad. La idea es que «B. Traven» sea reconocido como un seudónimo. No hay indicios de otro nombre más real.

—En otras palabras, el escritor sí podría ser una invención de Esperanza.

—Bueno, tú dirás. Mira.

Le pasó un número de la revista *Life*, abierta en la página de una entrevista con Esperanza, titulada *Who is Bruno Traven?* La fotografía la mostraba con el pelo arreglado en una gran onda en torno a la cara y una expresión concentrada y vehemente.

—¿Bruno?

Ella sonrió:

—Mucha gente no soporta la B. y necesita inventar algo. Échale un ojo.

Aldama la leyó rápidamente. El reportero, un tal William Johnson, hacía énfasis en las cualidades que hacían insustituible a Esperanza: perteneciente a los círculos intelectuales de la capital, no sólo estaba familiarizada con el negocio editorial y con el español literario de una traductora experta. También era una exploradora curtida, a veces desaparecía durante semanas en enigmáticos viajes al interior del país, durante expediciones similares a las atribuidas al escritor.

—Más o menos lo que decíamos ayer.

—Síguele.

En distintos momentos el reportero notaba que la entrevista sucedía en un salón cuyo extremo más alejado estaba velado por una gruesa cortina, e invitaba a sus lectores a jugar con la posibilidad de que hubiera un testigo oculto; Esperanza no hacía comentarios al respecto. Tras confirmar que el escritor no sólo se negaba a ser entrevistado, sino a enviar una fotografía o a proporcionar ningún dato, el reportero preguntaba si las novelas realmente estaban traducidas.

¿No sería Esperanza la verdadera autora? Ella desdeñaba la idea argumentando que cualquier lector atento podía notar la mano masculina detrás de aquellas obras: ninguna mujer hubiera podido lograr ese vigor, esa crueldad. No obstante, apuntaba el reportero, usted ha sido capaz de traducirlas. ¿No es extraño que hayan aparecido tantas novelas en pocos años, todas firmadas por usted como traductora, la única persona visible tras el seudónimo? La entrevista acababa con comentarios evasivos, ligeramente burlones de Esperanza, quien subrayaba la improbabilidad de que un escritor como el que los ocupaba perdiera el tiempo en teorías tan absurdas sobre su identidad.

Aldama arrugó las cejas:

—Ella está jugando todo el tiempo. ¿Tenemos otros datos, algo más concreto sobre él?

—No mucho, pero sí algo que hace difícil sostener esta teoría. Me entrevisté con un refugiado alemán, casi no habla español. Según él, los libros aparecieron primero en Alemania, publicados por un sindicato anarquista. Durante la guerra los nazis los pusieron en la lista de libros prohibidos y quemaron algunos.

—¿Anarquista? ¿Estás segura?

Ella movió la cabeza vigorosamente:

—Eso me dijo. Pero mira.

Revolvió los papeles en el legajo. La entrevista en *Life* era apenas uno de los muchos documentos encontrados. En efecto, Traven era una obsesión para ciertos periodistas, una especialidad excéntrica: cuando no tenían a la mano otros temas se consagraban a averiguar su identidad y su paradero. Marce había encontrado mucha información de ese tipo: reportajes alimentados por testimonios fragmentarios, gente que decía haberlo conocido, otros juraban haber vivido los episodios narrados en las novelas, unos más describían a personajes que podrían corresponder al escritor. Según se decía, vivía escondido en la selva porque estaba leproso y sólo soportaba la presencia de mujeres indígenas a quienes había prohibido levantar la vista del suelo cuando lo visitaban; sustituía la compañía de sus semejantes con la de changos entrenados para sentarse a la mesa, traerle los periódicos y fumar. Uno de tantos artículos aseguraba que no era un escritor, sino un grupo que trabajaba como cooperativa, compuesta por un alemán, un gringo, tal vez un inglés, las versiones variaban y hasta un checoslovaco apareció por ahí. Según otro reportaje, existía y escapaba de una persecución iniciada más de veinte años antes en Europa. Su historia empezaba a principios de siglo, en reuniones anarquistas donde se juntaban obreros jóvenes decididos a evitar el destino de sus padres aplastados por la miseria, de hermanos muertos de desnutrición antes de salir de la infancia. Se juntaban a discutir, a planear disturbios, a escribir propaganda. El joven Traven había empezado con una revista que se llamaba algo así como *Demoler* –la palabra alemana era difícil de leer para Aldama, pero había esa traducción–: quizá detrás de las piedras y ladrillos de la civilización lograrían algún día descubrir otro mundo, inventar la libertad. Siguió conspirando hasta que, en los últimos días de la Primera Guerra Mundial, él y otros exaltados organizaron una república anarquista que no tardó en caer. Nadie sabía cómo pudo escaparse de un pelotón de fusilamiento en Múnich. Vivió huyendo, inventándose otros nombres y distintos oficios en países improbables, hasta que los vaivenes de la clandestinidad lo trajeron a México.

Nunca se quedaba mucho tiempo en el mismo lugar porque temía que lo asesinaran; sus perros probaban la comida antes que él. Era un empresario que se había declarado en quiebra en tiempos de Victoriano Huerta; había fingido un suicidio para desalentar a sus deudores y ahora tenía una casa en medio de la selva, un lugar lleno de obras de arte donde se paseaba ataviado con trajes de lino, monóculo, guantes y bastón, envuelto en la música de Wagner. Había llegado a Tampico sin un centavo y había pedido limosna en las calles, trabajó como fotógrafo para revistas extranjeras, tenía un rancho donde cultivaba naranjas. En resumidas cuentas, nada seguro. Ninguno de esos reporteros había conseguido una entrevista con él.

Aldama y Marce se miraron por encima de los papeles. Él se frotó la nuca con un gesto adolorido:

—Uf. Esperanza y el escritor han sido muy hábiles. ¿Alemán?

Marce ahogó una risita:

—Según otros es gringo.

Él se rio también:

—Si sigues buscando verás que nació en Saigón. ¿Cómo le haremos? Me sigue doliendo el brazo. Voy a dar una caminada y regreso a leer todo esto. Trata de hacerme una cita con Novo, por favor.

Se detuvo en una pastelería a comprar una bolsita de merengues. Necesitaba pensar. Caminó a lo largo de la banqueta, mirando la evolución de las nubes bajo el sol que se elevaba poco a poco. Los hacían deliciosos, con un ligero sabor a naranja.

Alfredo tenía razón, como siempre: desde que se conocieron en la Facultad de Leyes, hacía más de diez años, cuando empezaron a jugar frontón. Casi vio su sonrisa y su voz burlona, sus puyas contra los idealistas que no entendían el país y le andaban haciendo al monje y estudiaban como idiotas mientras uno se podía crear una buena posición sin necesidad de andarse matando. Ninguno de los dos se había titulado, pero Alfredo entró a trabajar al bufete de un amigo de su familia, recibía un sueldo razonable, tenía una esposa simpática, tres niños y otro en camino. Él en cambio había tenido varias amantes pero por una razón u otra no se había casado; le gustaba ligar con meseras, caer de repente en algún congal. Trabajaba en el Ministerio Público aunque jugaba con la idea de independizarse, quizás con entrar al bufete de Alfredo. Y aunque la entrevista con el senador le había dejado pocas dudas sobre lo que se esperaba de él, seguía entreteniéndose con Marce y con aquel crucigrama llamado Traven. Ya era hora de poner cada cosa en su lugar: mejor invitar a Marce a salir, cerrar el expediente y olvidarse de las contradicciones y lagunas que habían surgido. Nadie iba a reprocharle nada. Al contrario: por fin cumpliría lo que se esperaba de él.

Por desgracia había un residuo más difícil de procesar. Se había vuelto a dormir después de soñar con el camión de redilas, pero cayó a otro sueño en el que revisaba otra vez el cuarto de Esperanza, buscaba entre las sábanas, entre los pelos rubios empapados en sangre. Tal vez había adoptado una mala posición al dormir o quizá se había torcido aún más con tantos sobresaltos, pero aun dormido lo molestó el dolor en el hombro. No estaba tranquilo, aunque en dos o tres días habría olvidado el asunto.

Dejó que el merengue se le deshiciera en la boca. Lo amenazaba una sensación de oquedad: una mujer había muerto de manera violenta, dejando una familia deshecha, negocios y proyectos inacabados, muchas preguntas sin respuesta. Como si la hubiera arrebatado un zarpazo que él no lograba domesticar con sus pesquisas, un mordisco de la gárgola deforme que tantas veces se sentaba sobre sus hombros a murmurarle amarguras.

Le pareció que alguien lo seguía. Mejor dicho, alguien trataba de alcanzarlo. Se apresuró un poco; los pasos lo hicieron también. Volteó disimuladamente al cruzar la calle pero el otro ya lo había acorralado contra la cortina metálica de una tienda cerrada. Distinguió la mandíbula tosca, medio perdida en el cuello de la gabardina de tono verdoso, el armazón metálico de los lentes redondos.

—Aldama.

Estaba seguro de no conocerlo.

—No vaya tan rápido. Quiero hablar con usted.

Era un sujeto corpulento y a Aldama le pareció que tenía algún entrenamiento físico. Musculoso y muy alto, pero no parecía extranjero; no era el hombre descrito por la vieja del estanquillo. Permanecieron unos instantes de frente, midiéndose.

—¿Cómo va su investigación sobre la señora de la colonia del Valle?

—Si no le importa, me gustaría saber con quién hablo.

—Ya tuvo noticias mías. Hace poco le mandé un sobre.

—Ah. Usted es el aficionado a las novelas.

Le gustó comprobar que su comentario lo molestaba, pero evitó sonreír. El tipo tardó en replicar:

—Está usted rozando un asunto cuyas dimensiones ni se imagina. Vengo a aclararle lo que no quiere entender.

—No me gusta hablar de mi trabajo fuera de la oficina.

El otro se rio, pero su risa no procedía del buen humor, sino del desdén.

—No crea que lo estoy buscando porque me interesa su amistad: no soy como su amiguito el de los pasteles. Los jotos me dan asco.

Aldama apresuró el paso: no podía ni pensar en sacar su arma con el hombro lastimado. Se la había puesto esa mañana con muchos trabajos, maniobrando para engañar al dolor. De repente vio lo peligroso que sería tratar de alcanzarla en esas condiciones, frente a un tipo que le sacaba al menos diez centímetros.

—Como usted dice, la señora se mató. No hay mucho que investigar.

—No me diga. Ahora nos resulta que fue una perita en dulce y no se metió en política. Si lo tiene tan claro, cierre el expediente lo más pronto posible. Si se suicidó fue para escapar de sus cómplices.

Siempre demasiado cerca, el otro lo obligaba a acelerar el paso:

—¿A usted le gusta eso? Leer novelas, digo.

—No, en realidad yo leo muy poco.

Aldama caminaba de prisa, tratando de adivinar los motivos de aquella inesperada colaboración.

—¿Quiere que le diga quién es Traven? ¿Quién era antes de desembarcar en este criadero de tarántulas, como lo llaman los alemanes?

Aldama se detuvo:

—Es decir, que Traven sí existe y desembarcó aquí. Y es alemán.

—Es un suponer, nada más. Yo estoy aquí para sugerirle posibilidades que tal vez no se le han ocurrido. Pero imaginemos a un exiliado alemán…

Volvieron a caminar. Aldama lo miró de reojo mientras el otro hablaba:

—Digamos que ha tenido suerte con sus libros; si quisiera podría regresar a Europa y llevar una decorosa vida literaria. Si no lo hace es porque le parece peligroso. O bien, porque tiene intereses aquí. O las dos cosas: nosotros tenemos información.

Aldama lo interrumpió:

—Deme una prueba. Un documento.

El hombre volvió a reír despectivamente.

—Yo trato de ayudarlo. A usted le toca juzgar. No sería tiempo perdido si procurara imaginarse qué sucedería con un fugitivo de las revoluciones de Europa al llegar a este país cuando la nuestra aún estaba fresca. Además de ser tan buena traductora, la señora Esperanza era una mujer con abundantes conexiones políticas. Alguien muy afín a Traven, una opositora del régimen, alguien con planes para cambiar las cosas.

El hombre se acercó más, invadiendo su espacio. Aldama hizo un movimiento involuntario para resguardar el hombro adolorido.

—Usted es un tipo muy moderado: va a la pastelería a comprar merenguitos, se entrevista con el chismoso ese de los pasteles, hace su trabajo metódicamente. Pero tenga cuidado con sus informes: nunca se sabe quién va a leerlos. Los comentarios del maricón en la columna de hoy no debieron salir nunca.

Le arrebató la bolsa de merengues.

—Qué sorpresa se llevarían sus amigos si lo encuentran en algún hotelucho, después de haber entrado con una mujer. O con alguien que parecía una mujer, aunque luego se puedan averiguar cosas peores. Siempre es difícil explicar ciertas muertes, sobre todo si se trata de una persona joven. Alguien de nuestra edad. Habrá usted oído historias muy feas. Gente que desaparece por varias horas y luego es encontrada por ahí, víctima de una congestión alcohólica. Personas hasta entonces irreprochables: nadie sabía que les gustaba beber y de repente se mueren en una borrachera. Si en un exceso de celo les hicieran autopsias tal vez encontrarían alguna herida en la boca, algún trancazo: nada concluyente. Y nadie le hace autopsias a un borracho. Le puede pasar a quien usted menos se imagine: incluso a empleados de dependencias públicas. A encargados de hacer respetar la ley.

Aldama calculó sus posibilidades de enfrentarlo. El otro adivinó sus intenciones, hizo un gesto burlón y agregó:

—Pero me doy cuenta de que no anda muy comunicativo. No lo quiero estorbar. No se vaya a desviar en su investigación: sería una pena que pasara por alto las cosas de verdad importantes.

Le devolvió la bolsa con los merengues aplastados. Se alejó unos pasos, pero de repente dio vuelta en redondo y volvió a aproximarse. Bajo los rayos estridentes del sol le hizo una sonrisa dulzona:

—Cuídese: la ciudad está llena de maleantes.

Marce estaba hablando por teléfono, muy sonriente, pero apenas lo vio entendió la necesidad de colgar. Lo siguió a su oficina, lo vio buscar entre los papeles que seguían sobre el escritorio y sacar del montón uno de los periódicos de la mañana. Se acercó, lo vio leyendo apresuradamente la columna de Novo.

—¿La leíste?

Ella asintió, muy seria:

—¿Qué tienes?

Él hizo un gesto negativo con la cabeza y siguió leyendo; al terminar le contó su encuentro con el tipo de la gabardina verdosa. Ella tomó el periódico y volvió a leer los párrafos de Novo. Se miraron sobre el escritorio lleno de papeles:

—¿La mención de Ramírez Vázquez? ¡Pero no tiene nada que ver!

Aldama meneó la cabeza:

—Tú pensarías que no. Pero Novo es un experto en insinuaciones y sobrentendidos. Dice cosas que sólo entienden él y los aludidos, mientras los demás creemos que está bromeando. El cuate mencionó con mucha precisión la fecha, el diecinueve de septiembre, y aquí Novo dice algo sobre las fiestas patrias. Se podría tomar por un chiste, pero es evidente que a quien sea que nos esté amenazando no le hizo gracia.

Marce volvió a leer y movió la cabeza muy despacio:

—Sí, ya veo.

Tomó uno de los legajos:

—Aquí está lo que tenemos sobre Ramírez Vázquez. Hay que estudiarlo con mucho cuidado. Te llamó el licenciado Andrade; le pregunté si quiere verte en su oficina. Ojalá no haga falta, me dijo. Te tiene mucha confianza y espera que todo esto se resuelva en dos o tres días, cuando mucho.

Sonó el teléfono; ella contestó de inmediato. Aldama vio cómo se alteraba su rostro. Cuando colgó estaba francamente asustada.

—Era tu vecina. Tienes que irte: asaltaron tu casa.

Encontró a sus vecinos en la calle. No le gustó comprobar su sobresalto: escenas como ésa eran parte de su trabajo, pero no esperaba encontrarlas al regresar a su casa, y menos ahora que tenía destrozado el hombro. La señora de la casa de junto salió a su encuentro y Aldama procuró adivinar algo por su saludo. La voz le pareció un anuncio de desastre:

—Por suerte no había nadie en todo el piso ni en la escalera. Ricardo fue el primero en llegar y vio la puerta entreabierta. Entraron por el cubo de atrás.

Se habían llevado todo el dinero que encontraron, algunos objetos de plata, los relojes, el radio. Habían roto espejos y pateado un mueble para abrir un gabinetito donde guardaban manteles. Se habían cagado frente a la puerta principal.

Aldama se hizo cargo de las llamadas, habló con los policías, se sentó a redactar un acta. Sólo después de un buen rato tuvo tiempo de ir a la cocina a servirse un whisky. Estaba revolviendo el vaso para hacer sonar los hielos, un ruido que le gustaba y siempre lo hacía sentir bien. De repente dio un brinco involuntario: acababa de pisar sangre. En instantes demasiado veloces para entenderlos dio la vuelta a la mesa de la cocina para buscar el cuerpo. Se encontró frente a una cabeza de cerdo que parecía sonreírle; de una de sus orejas colgaba un mechón de cabellos rubios.

No consiguió dormir en toda la noche. Después de un buen rato de hipótesis y relatos truncos, sus vecinos se cansaron de maldecir a los ladrones y acabaron por irse a dormir. Él envolvió en una bolsa de yute la cabeza de puerco y la tiró en un bote de basura de la calle, sin enseñársela a nadie. No podía dejar de pensar en Pancho; nadie lo había visto y le aterraba la perspectiva de encontrar a su gato despedazado detrás de cualquier mueble. Lo llamó muchas veces, sin resultado. No les contó a los vecinos la historia de Esperanza para no asustarlos, pero en toda la noche no pudo dormir, obsesionado por los ruidos de la calle que se ramificaban en su mente, entraban por las rendijas de sus pensamientos, los hinchaban y deformaban, obligándolos a seguir rutas grotescas. Recordó muchas veces las palabras del tipo de la gabardina, sus gestos exagerados por el insomnio. El brazo lastimado le estorbaba. Cuando un crujido lo arrancó del sueño que no podía haber durado mucho renunció a dormir: sentarse en la cama fue una proeza, pues el hombro le dolía al menor movimiento; la hinchazón no tenía trazas de atenuarse bajo la piel casi negra, verdosa en algunos puntos, morada. Al fin salió a buscar al gato; puso un plato de carne cerca de la ventana, lo esperó en vano. Faltaba aún para el amanecer. Se resignó a hacerse un café y se puso a leer el expediente de Ramírez Vázquez.

De entre los papeles emergía una figura sombría: el licenciado Ramírez Vázquez, secretario del Trabajo, era, en efecto, un personaje muy ligado al presidente Alemán. Sus trayectorias tenían tantos puntos de contacto que hubieran podido considerarse paralelas. Su biografía pública era la de un buen litigante especializado en conflictos obreros, aunque quizás intransigente y autoritario; tanto sus declaraciones como su historial eran congruentes con su decisión respecto a la huelga de los mineros. Aldama sonrió con sorna: a nadie le iba a sorprender que Ramírez Vázquez hubiera aceptado un soborno de la ASARCO, apenas un estímulo para que prosiguiera su brillante desempeño.

Aun antes de que ese dinero llegara a sus manos había puesto en juego otros elementos persuasivos. El traje sastre de Esperanza navajeado por quien hubiera irrumpido en su cuarto de hotel y las anécdotas narradas por los mineros daban una idea de sus métodos, pero el asesinato evocado por Novo había cimbrado al país. Aldama desplegó sobre su escritorio varios recortes de prensa que narraban aquel crimen sucedido quince años antes.

El muerto había sido un general identificado con el gobierno cardenista, un muy respetado defensor de campesinos y obreros: Manlio Fabio Altamirano. Ya electo gobernador de Veracruz, fue asesinado en pleno Café Tacuba, a la hora de la merienda, frente a su esposa y los clientes del restaurante atestado. Tras dispararle seis tiros, el agresor salió a la calle y subió a un Chevrolet negro que lo esperaba en la esquina. Jamás lo habían descubierto.

Ese crimen coincidió con el principio de una carrera meteórica. Ante la crisis, el presidente designó un sustituto, un abogado veracruzano apellidado Alemán, también experto en conflictos laborales, aunque su interés en las causas obreras estuviera algo atemperado por su reciente enriquecimiento a través de diversos negocios con bienes raíces. Apenas seis meses después de la fecha en que Altamirano hubiera tomado posesión, Alemán se convirtió en gobernador de Veracruz. Entre otros testimonios sobre sus negocios, un recorte narraba cómo se había dejado ir sin más averiguaciones un barco detenido en el puerto por tráfico de sustancias prohibidas; a través de distintas noticias quedaba claro que el gobernador se caracterizaba por su buena disposición hacia cualquier actividad lucrativa, como acababa de demostrar al construir el viaducto, aunque así le diera en la madre al río encarcelado en un tubo. No terminó su periodo, pues pronto se incorporó al equipo del presidente y seis años después fue seleccionado para sucederlo.

El nombramiento de Ramírez Vázquez como secretario del Trabajo en el gobierno de Alemán tampoco fue sorprendente: eran antiguos colegas. Al revisar los casos más sobresalientes de Ramírez Vázquez, Aldama encontró denuncias de golpes y amenazas, entre otras formas más o menos insidiosas de intimidación a los sindicalistas. El nombre de Ramírez Vázquez nunca aparecía como responsable directo, pero al cabo de una o dos horas Aldama se convenció de que no podían ser meras casualidades. Novo se lo había dicho entre dos bocados de pastel, entre bromas y chismes; ahora que lo había leído, el expediente ponía todos los puntos sobre las íes. Sólo hacía falta encontrar dos o tres datos, tal vez una información muy sencilla.

Era todavía muy temprano. Se preguntó si valía la pena llamar a Novo, porque se exponía a que ni siquiera le contestara. Prefirió llegar a su casa sin avisar, cruzando los dedos para no interrumpir alguno de los ilícitos, acrobáticos y onerosos encuentros que él luego narraba con tanto amor por los detalles anatómicos. Lo encontró en la cocina. Las sillas del desayunador tenían las formas de los palos de la baraja inglesa y eran rojas y negras: un respaldo en forma de corazón, otro de trébol, de espada, de diamante. Estaba untando mermelada en una chilindrina, envuelto en una bata de seda azul.

—Va a venir mi masajista. Trabajo de sol a sol, como un esclavo; no tienes idea de las tensiones que padezco. Con seudónimos y con mi nombre, en colaboración y por medio de ayudantes, estoy escribiendo más o menos la mitad del periodismo mexicano. La otra mitad me plagia, pero ni siquiera le atinan a lo que vale la pena —Novo lo miró con un rictus que recordaba a la Madre Dolorosa—. ¿Qué te pasó en el hombro?

—Me asaltaron, pero eso es lo de menos. Casi me fusilan por lo que publicaste —le narró el encuentro con el hombre de los lentes metálicos.

Novo enarcó las cejas depiladas:

—Que te vea Sarita. Tiene unas manos de ángel, tal vez te ayude. Y ese asaltante, ¿es guapo?

—Salvador, te suplico… Tal vez me esté siguiendo, puede ser que te aborde cuando menos te lo esperes.

Novo mordisqueó resignadamente su pan.

—Perdona que te haya expuesto a la persecución de este

pelafustán. Era un buscapiés. Quería ver cómo reacciona-
ban las altas esferas. Debió ser horrible, con esas espaldas
tan anchas que tienen los pistoleros.

—¡Gracias! Ya les avisaste de mi investigación. Saben que
no creemos lo del suicidio.

—Chato, más bien agradécemelo, así ves cómo repercu-
ten tus datos. Según me dijeron por ahí, Ramírez Vázquez
está furibundo. Se ha dedicado a decir que estamos invadi-
dos por los comunistas; hay uno escondido en cada esquina. Lo de los mineros fue para abrir boca; de un momento a
otro van a desatar una ola de protestas, huelgas y bombazos.

—Te aseguro que no…

Novo se rio:

—Así resalta su severidad con la huelga de Nueva Rosita
y, como te imaginas, nuestro amigo Fito queda fatal con esa
hermana. Ramírez Vázquez tiene que aprovechar el tiempo,
hacer méritos. A ver si así saca de la jugada a Ruiz Cortines,
que según él ya está en camino de figurar como mariscal del
Ejército Rojo.

—En pocas palabras, puede ser que el sacrificio del senador López Mateos sea un mal menor.

—Hasta cierto punto. A ver cómo mueven sus piezas. A
pesar de todo, nuestro amigo Fito debe andar muy aliviado.
Todo esto revela que sus enemigos están mal informados.
Hay maneras mucho más fáciles de perjudicarlo.

—¿De qué hablas?

Novo se rio.

—Francamente, chato, deberías tratarme mucho mejor,
acomedirte conmigo. Soy una mina de chismes inestima-
bles, y hasta ahora no has pasado de invitarme una o dos
copas. Ni siquiera me trajiste unos chocolates.

Marco hizo un ademán de desolación: la próxima vez.

—Te voy a dar una información muy confidencial, muy delicada. Podría levantarme ahorita mismo y decirte que me esperan mis incontables obligaciones, compromisos, ligues...

—... pero te estás muriendo por contarme.

Novo soltó la carcajada.

—¡Qué cabrón! Ya sabes, el trauma de no haber sido novelista me ha marcado toda la vida. Estoy pensando en ir al psicoanálisis –masticó otro pedacito de pan–. Un poquitín de suspenso. Ya que te cuente me dices si valió la pena.

Se tomó su tiempo al acomodar una jarrita de buganvilias que adornaba la mesa.

—Bueno, agárrate: el impecable y guapísimo político que nos ocupa tiene en su haber un secreto tremebundo: nació varios años después de la muerte de su padre. Es hijo póstumo. Y para colmo su verdadero padre era español.

Aldama hizo un gesto de estupefacción que hizo reír a Novo.

—Como te lo digo, mi rey. Él y Esperanza nacieron durante la viudez de su mamá, que andaba con un vasco muy rico. Entre otras cosas, le regaló a doña Elena el terreno donde ahora viven los dos, es decir, donde vivía Esperanza hasta hace unos días y donde vive Fito. Es una historia muy bonita: la señora era toda una dama, muy culta, de muy buena familia, que iba a la ópera y escribía poesía. Conoció al español en una tertulia, a principios de siglo, cuando él se estaba separando de su esposa y ella cuidaba a su marido, que se estaba muriendo. Poemas, paseos, conversaciones literarias, muy buenos restaurantes, todo un romance de la *belle époque*.

—Pero ¿cómo sabes todo eso?

—¿Hay algo en esta ciudad que yo no sepa? Fue un secreto bien guardado, pero, al fin y al cabo, dos niños no se esconden tan fácil. En la familia hubo algunos gritos y sombrerazos, aunque eran los últimos tiempos de don Porfirio: la gente de buena sociedad no se espantaba por algo así, acababa por entender. Por lo demás, doña Elena es una señora muy fuerte, que trabajó como directora de un hospicio, una mujer de una pieza, digna madre de Esperanza. Pero date cuenta: si alguien quiere arruinar la carrera política de Fito, basta con revelar esta historia. Hijo de un español, hijo ilegítimo: alguien así no puede llegar lejos.

Aldama frunció el ceño.

—Siempre y cuando lo sepan. Pueden estar atacando desde otro lado. Una cosa no impide la otra. Y en una de ésas les hacemos el favor de culpar del asesinato a los rojos.

—Y mientras son peras o son manzanas, Fito mejor se hace el occiso.

—¿Quién era ese español?

—Un vasco. Dicen que era noble. Frecuentaba el Casino Español, fue un tipo destacado en esa comunidad. Era como sus hijos: salía de cacería, le gustaban las caminatas, era alpinista, explorador. Él enseñó a Esperanza a tirar.

—¿Qué fue de él?

—Al cabo de unos años, durante el gobierno de Victoriano Huerta, la ciudad se hizo más hostil contra los españoles. Él acabó escondido en la selva de Oaxaca: dicen que se hizo un pequeño palacio lleno de objetos de arte.

—¿En Oaxaca? ¿No habrá sido en Chiapas?

—Oaxaca, Chiapas, qué más da: fuera de México todo es Cuautitlán.

Por una vez llegó a la oficina antes que Marce, aunque ella era muy puntual y no la esperó más de diez minutos. No les tomó mucho organizarse: desde el día anterior él tenía arreglada una cita y prefirió no cancelarla.

—Espero regresar cuanto antes. Averíguame lo que puedas.

—Despreocúpate, aquí nos vemos en un rato. Pero es urgente que veas esto.

Le dio un nuevo legajo rotulado con una sola palabra: *Traven*. Él dejó los papeles sobre el escritorio: imposible. Marce insistió.

—¿Vas a ver a la alemana? Mejor dale una leída, aunque sea rápido. Te va a servir.

Aldama aferró los documentos y miró el reloj. Tenía los minutos contados para leerlos.

Maira lo invitó a sentarse y le ofreció un café. Le había pedido esa segunda entrevista porque en el montón de fotos que le había prestado Gabriel Figueroa encontró una que mostraba a Esperanza apoyada contra el barandal metálico de un puente, sobre un río. Detrás de ella se veían los muelles, la chimenea humeante de un vapor, las vías del tren, los edificios: un trozo de ciudad industrial y activa. Debía ser en el otoño, a juzgar por el abrigo de lana clara. El pelo enrollado en un chongo le daba un aire profesional, parecía una mujer ocupada, acostumbrada a decidir, tan dinámica como la escena a su espalda. Gabriel no quiso decirle gran cosa: al parecer Esperanza había ido a Nueva York para encontrarse con el editor de Traven en Estados Unidos, un tal Albert Knopf.

En esa segunda conversación, el camarógrafo le había parecido desconfiado, poco dispuesto a colaborar: se aferró a su historia, negó la presencia de visitante alguno la noche de la muerte de Esperanza, aunque Aldama insistió en que los vecinos vieron salir a un hombre. Figueroa lo negó: sin duda se confundían, pasaba mucha gente por la calle y era fácil que la gente, impresionada por la noticia, se pusiera a inventar.

Ojalá Maira fuera más comunicativa.

Ella miró con atención la fotografía:

—¿Qué me puede contar de este viaje?

Su voz sonó conmovida, tierna:

—Me acuerdo, cómo no. Mire…

A su espalda había un perchero con sacos y gabardinas colgados. No le costó trabajo encontrar una bufanda de lana gris:

—Esperanza me la trajo de Nueva York. Fue un viaje de unos cuantos días, poco más de una semana, hace como dos años, antes del accidente. Como usted dice, se encontró con el editor de Traven en inglés, aunque no sé mucho más. No tengo idea de los temas que trataron.

—¿Sabe si vio a alguien más?

—No tengo idea. Ella siempre tuvo tantos asuntos…

—Podría haber contactado a gente del sindicato minero de allá. ¿No le contó nada?

Maira volvió a negar, hermética. Viendo que sólo iba a conseguir evasivas, Aldama suavizó el tono:

—Dicen que Esperanza era Traven y que el escritor no existe.

La alemana volvió a sonreír.

—Jugaron con eso durante varios años. Les divertía esa mascarada: eran dos, era un solo escritor con dos caras, un andrógino que no escribía como hombre ni como mujer, no era nadie. Pero Traven existe. Esperanza lo trató durante años.

—¿Usted nunca entró en contacto con él?

—¡Jamás! Es una persona muy escurridiza. Esperanza siempre lo cuidó, lo ayudó a mantenerse escondido. Me contó algunas cosas de él, por supuesto, pero jamás lo conocí.

—¿Podría hacer memoria y decirme todo lo que sepa?

Ella elevó los hombros en un gesto de perplejidad:

—No es gran cosa: Esperanza trabajó para él y llegó a quererlo mucho. Se entendían muy bien. Fue a verlo a Acapulco, a Veracruz, a Chiapas. Les gustaba viajar juntos, irse a explorar, meterse a la selva. A él le fascinaban las víboras, las arañas, los lagartos: le gustaba tenerlos vivos, guardarlos en una pecera o en un frasco para observarlos. También las orquídeas, los hongos, pero sentía una atracción muy grande por los animales peligrosos o raros. Las iguanas. Quizá lo inspiraban para escribir. Vivía con muy poco dinero, en cualquier cabaña, dedicado a lo suyo. A ella le encantaba esa forma de ser y siempre que podía se iba a verlo. Pasaban horas y horas hablando, fumando mariguana en el mejor espíritu revolucionario, como la cucaracha.

La palabra se volvió cómica al pasar por su acento germano: *la cucarrrracha*.

—¿Sabe si en esas ocasiones veían a alguien más?

Ella negó con la cabeza:

—Lo dudo. Ya le dije, él no es nada sociable.

—¿Está segura? Además del gusto por explorar tenían muchas afinidades políticas.

—Ya sabe que ésa no es mi especialidad.

—¿Qué más sabe de Traven?

—No mucho. Le repito: nunca lo conocí.

—¿Qué opinaba Esperanza de esto?

Le mostró el artículo que acababa de darle Marce: tres años antes, la revista *Mañana* anunciaba el descubrimiento definitivo de la identidad del escritor. Maira lo miró sin alterarse. Se rio, de buen humor:

—¿El artículo de Luis Spota? Causó sensación. Está muy bien armado, mucha gente lo juzga irrebatible.

—Lo acabo de leer. Es fascinante: durante meses estuvo espiando a Esperanza para descubrir la dirección a donde enviaba la correspondencia, vigiló ese lugar y por fin dio con él.

La cantante volvió a reírse:

—Sí, lo conozco. El personaje entrevistado es interesante: alemán, nórdico, agente, viejo amigo o fugitivo acorralado, algo difícil de precisar. Pero si lo leyó ya sabe que en ningún momento acepta ser el escritor.

Aldama se rio también:

—Es algo serio. A lo largo de toda la entrevista rebate los argumentos de Spota. Nunca se rinde. Según él, una lectura cuidadosa de las novelas revela que están escritas por una mujer: una dama oculta, que domina un español vigoroso y preciso, conoce a fondo los lugares, las costumbres, la historia retratada en las novelas, lleva una vida aventurera y valerosa.

Maira aplaudió y soltó una carcajada feliz:

—Nadie menos que Esperanza. El círculo se cierra y el escritor, si realmente este tipo es él, delega la autoría de sus obras en ella. ¿Ve lo que le digo? A pesar de los pesares, tanto Esperanza como el supuesto Traven se tomaron el hallazgo de Spota con un granito de sal. Lo dejaron presentar su evidencia y ellos la rechazaron. Esperanza me dijo que el hombre entrevistado por Spota era alguien más, otro agente del escritor. Un tal Hal Croves.

—¿Está usted de acuerdo?

—Francamente, no tengo muchos elementos para juzgar. A mí Esperanza me juró que el verdadero Traven seguía escondido, ¿qué otra cosa podía decir?

Le dio la razón y volvió a mirar la fotografía:

—Entonces Esperanza estuvo trabajando en cuestiones editoriales durante su viaje a Nueva York.

—Además de lo de Traven, vio a varios judíos interesados en ayudar a los refugiados que querían irse a Israel, ya sabe que trabajaba en eso desde hacía años. Al parecer le hicieron una propuesta de trabajo. Se hubiera podido ir a vivir allá, le ofrecieron un buen sueldo. Pero toda su vida estaba en México. Ya se imagina usted, no es fácil trasladar a toda una familia. Ni hablar de llevarse a Gabriel y a Roberto, sacarlos de sus actividades. Si Gabriel se fuera a Estados Unidos lo natural para él sería California. Imposible.

Aldama le notó cierta tristeza.

—Se ve que esa oferta le interesó.

Maira lo pensó un poco, pero al cabo hizo un gesto afirmativo:

—¿Se acuerda de lo que le conté el otro día?

Él asintió vigorosamente:

—Henry Schnautz. Él también vive en Nueva York, según me dijeron por ahí.

—Exacto. Como le dije, nunca dejaron de escribirse y se hablaban por teléfono. Durante ese viaje volvieron a verse y él le suplicó que se casaran.

Schnautz se acodó sobre el barandal metálico frente al río. Estaba parado en el lugar exacto donde Esperanza se detuvo para que le tomara una foto; quizá sus manos habían descansado en los sitios donde ahora él ponía las suyas, pero no pudo encontrar ningún rastro de su perfume, ningún resto de esa tarde, cuando creyó tenerla toda para él, más allá de citas, obligaciones y ajetreos.

Esperanza estaba contenta. Habían caminado por las calles llenas de gente donde empezaba a hacer un frío que ella sentía más que él; se habían metido a su cafecito preferido, habían llegado a ese sitio desde donde se veía el río y le había pedido que se detuviera un instante para fotografiarla. *Aquí, quiero tener un recuerdo de este barrio donde no hay monumentos famosos ni grandes edificios.* Había sonreído, y él se sintió seguro: ya ninguna separación duraría tanto ni sería tan ardua.

Las aguas del río brillaban como un metal vivo e incontenible frente al que se sintió minúsculo. En ese lugar Esperanza lo había amado de manera total durante unos instantes, quizá durante toda esa tarde, esos días que estuvo en Nueva York, corriendo de una cita a otra. La había imaginado a su lado durante décadas, mirando crecer a sus hijos, sonriendo a pesar de las vicisitudes, ocupada y llena de energía y decidida a intervenir en el desastroso mundo que la indignaba, pero junto a él.

En cambio recibió una nota escueta donde le informaban de su muerte. Ni siquiera había sabido que estaba tan grave, no había podido abrazarla para tratar de espantar al destino. Le quedaban apenas unas cartas. Tenía que consolarse con esos pedazos de papel.

La primera estaba fechada pocos días después de la foto frente al río. Cuando la recibió le lastimó sentir cómo, a unas horas de la despedida, Esperanza ya se sentía unida a la velocidad que los alejaba, al poder del avión, a la maraña de personas, compromisos y tareas que él detestaba sin atreverse a decírselo:

Te escribo desde el avión que me regresa a México, a mi vida de siempre en la que un día abriste una ventana que pudo haber sido una puerta que pudo dar a un camino y llevarnos a Nueva York, a vivir juntos en esta ciudad nuestra por unos días. ¿Por qué hablar de la ciudad entera, si para mí ninguno de sus edificios, ninguna de esas calles frenéticas, ninguna de esas oficinas donde se discuten tantos destinos y proyectos, ninguna de las plazas marcadas por las luchas de los trabajadores tendrá jamás el significado del cafecito donde volvimos a estar juntos y pude recuperar tu vehemencia y tu dulzura? Ay, cariño, hay una crueldad en ti al volver a hacerme las mismas preguntas y dibujar otra vez esas perspectivas imposibles. ¿Crees que no sufro con todo esto? Te lo dije esa noche en tu departamento lleno de flores, pero sólo puedo decírtelo con más convicción ahora, que ya no estás frente a mí y el avión me lleva tan rápido a México que cuando acabe de escribir esta carta estaré mucho más lejos. Sí, sí me hubiera gustado vivir esa vida contigo, pero necesitaría haber sido otra Esperanza. Una que pudiera leer una vez a la semana los periódicos mexicanos atrasados y enterarse de las injusticias y las trampas sin que eso le hiciera irreal su vida en Manhattan. Una que no tuviera una familia entrañable esperándola. Sí, corazón, claro que hubiera querido.

Por lo menos la vida nos concedió estos días y pudimos volver a querernos. Piensa en mí como en una agente que cumple una misión y no se pertenece del todo: no puedo predecir a dónde me llevará mañana mi trabajo. Ya sabes, yo siempre, esté donde esté, guardo para ti un amor que no envejece. Comprende por favor, y sigue queriendo a tu

Esperanza.

Ahora guardaba como reliquia la carta aunque en ese momento estuvo a punto de rasgarla: la cáscara de un instante. Algo de ella se traslucía aún en la escritura esbelta cuyas tildes, acentos y puntos daban la sensación de estar un poco despeinados por la rapidez de la mano atareada. Aún se podía sentir su voz; podía cerrar los ojos e imaginar los de ella revisando la página. Amaba ese pedazo de papel tanto como temía y odiaba el otro.

Se alejó del río con un sentimiento de pesar, como si de manera íntima se despidiera de ella. Trató de reconstruir el recorrido de esa tarde: volvió a pasar por las mismas calles, reparó en los letreros que habían cambiado, lo consoló evocar la alegría con que ella hubiera abierto la puerta del departamento, desabrochado el abrigo. Se quitó el saco y la corbata, se aflojó la ropa y se sirvió un whisky. Era su ritual nocturno. Se servía un whisky, otro, volvía a leer las cartas o rumiaba sus detalles, se esforzaba en asimilar el contenido. A veces se quedaba contemplándolas, encontraba significados ominosos en el color del papel, en los dobleces, en una gran T que parecía la cruz de un cementerio mexicano. Un día le llegó una nota escueta que informaba de la muerte de Esperanza. Había regresado al departamento cuando empezaba a oscurecer y la encontró en el buzón; de inmediato vio el timbre mexicano y se alegró pensando en ella, pero la escritura desconocida en el sobre lo asustó. Supuso que venía de alguna de las personas medio olvidadas a quienes conoció allá, pero el aura siniestra de la carta sólo se hizo más contundente. Rompió el sobre en el elevador; apenas pudo abrir la puerta del departamento mientras buscaba un apoyo para terminar de leer. Un solo párrafo informativo y seco. A la noticia se sumaba un detalle perturbador: la carta estaba firmada por Traven.

El padre de Esperanza. A través de los años Schnautz había procurado sortear los celos, asimilar la presencia huidiza de ese hombre tan importante para ella, soportar con buena cara las conversaciones sobre las novelas, los contratos, la película que iban a filmar. Aun durante la visita de ella a Nueva York había tenido que tolerar las citas con el editor, las horas dedicadas a discutir, a revisar contratos. Ahora era él quien se encargaba de avisarle. Odió la firma enemiga, aunque trató de apreciar el gesto del escritor y reconoció el deber de respetarlo, incluso agradecerle el aviso y enviarle una breve condolencia.

Pasó muchas tardes interrogando esas pocas frases, tratando de adivinar lo que no estaba escrito. Era muy cruel no haberle avisado que ella estaba tan enferma. Esperanza le había escrito muchas cartas donde narraba su convalecencia;

él la había llamado por teléfono varias veces, angustiado por su tristeza, pero nunca había imaginado que las secuelas del accidente estuvieran a punto de matarla. Creía que la operación había servido de mucho y ella se había recuperado. Debió ser algo súbito, pues no lo llamó para contarle nada. De ser así hubiera volado a México, hubiera corrido para estar con ella todos esos días. La hubiera traído a Nueva York a ver a un buen médico.

De esas divagaciones lo sacaba el seco párrafo de Traven. Y pese al dolor que le causaba, no se decidía a destruir ese papel, como no se decidía a descolgar un vestido que ella dejó en el clóset, incapaz de acomodarlo en la maleta atiborrada de libros, revistas, ropa, regalos para quienes la esperaban. A veces esa tela azul era todo lo que tenía.

Herr T querido:

All these days in New York I've thought of you... *Henry me
mataría, se mataría si lo supiera, jamás podría entender. Lo
quiero mucho, aunque ha pasado el tiempo desde nuestro primer encuentro y nuestro cariño tiene ya algo de rutina, una
entrañable costumbre. Sí, a pesar de su carácter tempestuoso
y de su facilidad para desencadenar escenas nos hemos acostumbrado a vivir en esta especie de ópera, a dos centímetros
del suicidio. Aún se imagina que al final voy a dejar todo para
convertirme en su esposa. Jamás me ha escuchado, por más que
me esmero en decirle la verdad. Así pues, desisto. Lo hago con
el único interés de hacer más amable la convivencia, etcétera.
En el fondo sus deseos se han cumplido y me comporto como si
lleváramos veinte años de matrimonio. Ya sabes que de Roberto no hablo. A veces me conoce mejor que yo; mentirle estaría
fuera de lugar. Otras veces siento que Roberto nunca ha podido
captar algunas cosas de mí; quizás en algunos momentos él sufre la misma incomprensión. Pero Henry es un espíritu incon-
movible, capaz de negar cualquier verdad con tal de no cambiar
su forma de pensar. Un ejemplo de voluntad política.*
    A veces es muy triste. Mi vida, me dice. Cierra los ojos, su

cuerpo se siente más pesado. Mientras su miembro pierde dureza y el placer se aleja como el resonar de un gong, murmura: Mi vida. Y así es: en este instante soy su vida que lo envuelve y lo acaricia y se está yendo −porque me voy, acabaré por irme aunque me quede un rato. Y por eso me abraza y yo también quisiera que esto durara. Un poco más.

A ti te lo puedo decir porque hablar contigo es uno de los mayores privilegios de mi existencia. Sé qué tú puedes entender esto. Entre tú y yo hay un vínculo de libertad. Me permites formar parte de tu vida, no para dominarme, sino para estar junto a ti. Amo que cada encuentro entre nosotros sea inesperado, como exploradores que coinciden en algún lugar de la montaña y se despiden sin saber si se les concederá volver a verse, después de compartir unas horas al borde del abismo, más allá de lo civilizado, off limits, como sólo puedo ser contigo. No es fácil pero no podría renunciar a esta aventura en la que nos inventamos. Nunca has sido para mí una garantía, sino un reto hacia lo mejor que puedo ser. Sí, aquí estamos todavía, seguimos queriéndonos a través de esta existencia: ni se detiene ni deja de transformarnos.

New York was great. Hablé con Knopf sobre los derechos para la filmación de El tesoro de la Sierra Madre. Quiere conseguir a Humphrey Bogart. Lo conoció desde El halcón maltés; no me habías contado que es el editor de Dashiell Hammett. Es muy razonable, muy eficiente, muy profesional. Me encantó su manera de llevar tus asuntos. Afinamos detalles sobre la aparición de los próximos títulos en español.

Ver a Olga y a Max también valió la pena. Ya te contaré lo más importante en persona, pero ahora te digo que estos viejos anarquistas son dos seres admirables. Me impresionó ver a través de ellos las cicatrices dejadas por estas décadas crueles *y llenas de promesas. A los dos el roce del tiempo los ha pulido como rocas, como diamantes, y a pesar de todo no son duros.*

Me conmovió su vulnerabilidad, la facilidad con que los tocan las noticias, la presteza de sus indignaciones, su disposición a seguir peleando. Ya sabes qué sentimental soy. Quizá nada traiga más lágrimas a mis ojos que la valentía.

Hay muchos motivos para aguardar buenas noticias, aunque, desde luego, tenemos que trabajar como las bestias de carga que somos. Ya te contaré con dos tazas de café entre nosotros, quizá con el mar al fondo, fumándonos un churrito, o tal vez con un mezcal. Mientras, pienso en ti con el ímpetu de este avión que me acerca cada minuto,

E

Aldama se despidió de Maira con la convicción de que sería imposible ganarse su confianza. Los secretos de Esperanza desaparecían entre sus evasivas, resguardados por esa sonrisa tan parecida a un candado. La abundancia de detalles sobre Schnautz lo convenció de que toda aquella historia era más o menos irrelevante para su investigación; Maira casi se rio cuando le preguntó si aquel amor tan difícil podría haber llevado a Esperanza al suicidio. Aunque (un jalón doloroso en el hombro le recordó los estrechos límites dentro de los que se movía) la suya fuera una investigación desinteresada, personal, destinada al bote de la basura a medida que iba configurando un expediente pulido para no inquietar a nadie.

Marce lo esperaba con una sonrisa de oreja a oreja:

—Hablé con la secretaria de Ramírez Vázquez.

Él no disimuló su sorpresa:

—¿Cómo le hiciste?

—Le dije que estoy buscando trabajo, me moría por chambear con ellos. Le pedí consejo. «Cuénteme de su jefe, dígame cómo es él, para que yo lo pueda convencer.» Le caí bien.

Aldama sonrió.

—Me contó muchas cosas. Por supuesto estábamos de acuerdo en que el licenciado es un hombre intachable. Le pregunté cómo le había hecho para tener tanto éxito. Detalles. Métodos para tratar con sindicalistas. Ella es una señora muy correcta, sabe lo que se debe y lo que no se debe hacer. Ni le pasó por la cabeza la posibilidad de estar revelando algo sucio: como tú sabes muy bien, a veces los revoltosos se ganan un golpe que los pone en su lugar. Hay gente que se dedica a eso: un trabajo tan honrado como cualquier otro. Le pregunté por colaboradores y amigos. Me habló de alguien que vive por el rumbo de Puebla y me dio muchísimo gusto, pues le dije que tal vez me cambie a vivir por allá. Da la casualidad de que el licenciado tiene un amigo en un pueblo cerca de ahí, en Apizaco, un socio que lo ha ayudado mucho –Marce sonrió, muy divertida con su historia–. Hasta te averigüé su dirección.

Aldama la miró con admiración:

—¡Bravo! ¿Quién es?

Marce le tendió una hoja de papel.

—¿Señor Garciadiego?

—Hace varios años compartían un despacho en el centro. Según me dio a entender, Ramírez Vázquez confía en este amigo, hacen muchos negocios juntos. El despacho todavía lleva su nombre, aunque no el de Ramírez Vázquez. Ahí se manejan asuntos importantes: la contabilidad del licenciado, por ejemplo.

Aldama asintió:

—En otras palabras, si quisiéramos descubrir qué sucede con el dinero de un soborno podríamos darnos una vuelta por ahí, ¿verdad?

—Por ejemplo. A lo largo de los años han intercambiado muchos servidores: desde carpinteros hasta secretarias. Sería otra persona a quien yo le podría pedir trabajo: es dueño de tiendas, ranchos, hasta un restaurante. Si alguien sabe los claroscuros de Ramírez Vázquez es él.

—¿Podríamos persuadir a la secretaria de que nos contara detalles más concretos?

Marce se mordió el labio, un gesto que hacía cuando no daba con la solución:

—Adora a su jefe, lo venera. Se le pueden sacar algunas cosas, pero nunca lo traicionaría. Estaba yo a punto de despedirme, y para no darle la impresión de que sólo la estaba interrogando insistí: ¿no tendrían algún puesto vacante, lo que fuera? Me preguntó qué tan buena soy para los números, porque acaban de correr a un contador –se miraron, sonrientes–: le pedí su número para que me ayude a prepararme mejor. Aquí lo tienes.

—Mario Santiesteban. Comunícame con él.

Tenía el tiempo justo y decidió tomar un taxi; había uno estacionado muy cerca. El taxista se había bajado a comprar el periódico en la esquina y subió al auto segundos antes de que él se acercara. Aldama apenas lo miró, absorto en la reconstrucción de una noche de hacía más de quince años, cuando los clientes del Café Tacuba se tiraron al suelo, tratando de esconderse entre las mesas, procurando proteger a sus acompañantes antes de que los alcanzaran los tiros. Dio la dirección del café de chinos donde lo había citado el contador, en una de las calles más transitadas del centro.

Notó que el taxista daba una vuelta sospechosa, pues le había dado la dirección de manera muy precisa. No tenían por qué meterse a la colonia de los Doctores.

—Estoy tratando de cortar camino, jefe. Por acá llegamos más rápido.

Aldama mantuvo la vista en la calle, por ahí muy solitaria. El taxista manejaba en silencio. Faltaba un buen trecho para llegar:

—Aquí déjeme.

—¿Aquí? Usted me dio otra dirección.

—Voy a recoger un paquete en este rumbo.

—Si quiere lo espero.

El hombre había acelerado un poco aunque transitaban por una calle pequeña y estrecha.

—En este barrio le va a costar trabajo conseguir otro taxi.

—No se preocupe. Déjeme en la esquina.

El taxista siguió manejando sin contestar. Aldama calculó sus posibilidades: podía abrir la portezuela en cuanto disminuyera la velocidad en la siguiente esquina y lanzarse a la calle. El auto dio otra vuelta, alejándose de la dirección indicada.

—En la esquina, por favor.

El tipo rezongó algo sobre su cuota del día y manejó unos metros más sin obedecerlo, pero al cabo se detuvo. Aldama le dijo que guardara el cambio y esperó a que se fuera antes de desandar el camino que acababan de recorrer.

Santiesteban lo esperaba ya, casi hundido entre los cojines de plástico, al fondo del local. En cuanto se sentó le preguntó si no le importaba invitarle la cena, y Aldama vio que se sabía de memoria el menú.

—Le agradezco. Me hicieron toda clase de trampas para rasurarme la liquidación.

—¿Cómo es que perdió su trabajo?

Santiesteban chasqueó los labios y movió la cabeza, lúgubre:

—Ya lo veía venir, porque llevo años trabajando con Garciadiego y se acercaba mi jubilación. Con tal de ahorrarse unos pesos es capaz de cualquier mierda. Lo he visto hacer muchas transas.

Era un hombre medio calvo, peinado como queso de Oaxaca, con los pocos pelos que le quedaban echados sobre la frente.

—Por eso debería tener más cuidado con usted, ¿no? Debería valorar a un colaborador de tantos años.

—¿Usted cree que le importa? No puedo hacer nada de nada, y él lo sabe.

—Pero usted tiene mucha información sobre sus negocios.

—¿Y? Estaría yo loco si tratara de hacer algo contra él. O muerto.

—Siéntase usted tranquilo. Todo lo que me diga es confidencial. Nadie se va a enterar de lo que hablemos aquí, y en cambio le agradezco mucho su colaboración.

Santiesteban movió la cabeza. Clavó en Aldama sus ojillos oscuros, un poco ictéricos.

—Tenga en cuenta que lo que yo le diga puede ser peligroso para usted también. No se juega con esta gente.

En eso la mesera trajo el plato de enchiladas y la orden de frijoles refritos. Santiesteban ni siquiera trató de disimular la urgencia con que empezó a engullirlos. Saboreó con tanto gusto los primeros bocados que Aldama estuvo a punto de pedir un plato también. Mejor ordenó un café.

—Según he podido averiguar, el señor Garciadiego se ha encargado muchas veces de recomendar personal al licenciado Ramírez Vázquez.

Santiesteban lanzó una risa sardónica:

—Qué manera tan elegante de decirlo. Sí, le ha recomendado una que otra secretaria, gente que puede entrar en las oficinas. Manda gente de su pueblo a trabajar para acá.

—También gente para otros asuntos, según entiendo. Golpeadores.

—Muchos. La gente que se pasa de la raya acaba en el hospital. Usted me entiende: entre los dos han controlado a muchos trabajadores descontentos.

—¿Hasta dónde cree que pueden llegar? Los mineros de Nueva Rosita sospechan que el descarrilamiento del tren no fue accidental.

Santiesteban lo miró con franco desdén:

—¿Usted cree que sí? Yo le puedo contar cosas peores.

—Precisamente quería preguntarle sobre algo que sucedió hace varios años. ¿Usted ya trabajaba con Garciadiego en 1936?

—Desde algunos años antes. Qué curioso que mencione esa fecha: fue entonces cuando se cansó de vivir en México y prefirió regresarse a Apizaco.

—¿Por qué sería?

Santiesteban se metió a la boca el tenedor repleto de pollo, escurriendo salsa verde. Un hilillo le chorreó hasta la barbilla y se lo limpió con la mano.

—Dijo que se había cansado de la ciudad y prefería dedicarse de lleno a sus negocios de allá. El año que usted dice pasaron muchas cosas, se le abrieron grandes oportunidades. Sobre todo, hubo un crimen muy sonado, que nunca se aclaró.

Aldama asintió. Los dos supieron que se estaban entendiendo; era mejor no mencionar el nombre del muerto:

—A raíz de esa muerte cambió la situación de Ramírez Vázquez. Era muy cercano a Alemán y empezó a trabajar de lleno con él cuando se convirtió en gobernador de Veracruz. Entre otras cosas, Apizaco está a medio camino entre el puerto y México. Muy conveniente para Garciadiego, que al mismo tiempo se mantuvo en segundo plano para seguir haciendo negocios privados. Allá puede moverse con libertad, tiene mucha gente que lo respalda.

—Muchos se han preguntado que pasó con el asesino: sólo se sabe que se escapó del Café Tacuba, donde nadie le estorbó, seguro de encontrar en la esquina un Chevrolet negro. Aunque alguien apuntó las placas, nunca lo encontraron.

Santiesteban volvió a sonreír, masticando su cena:

—No hicieron un viaje largo: antes de tres horas, hacia la medianoche, el coche se detuvo en una de las casas del centro de Apizaco. Es un pueblo chico; los ranchos de los alrededores pueden estar muy aislados, en ese tiempo muchos no tenían ni luz eléctrica. Son lugares muy buenos para esconderse. Si quiere le cuento un viaje que yo hice a Apizaco, cuatro o cinco años después. Fui a ver a Garciadiego, que estaba un poco enfermo y no podía venir al despacho. Le llevé varios papeles que necesitaba firmar.

»Cuando salí de su oficina ya se había hecho tarde para regresar. Tenía amistad con su ayudante, así que nos fuimos a comer unos tacos de barbacoa regados con pulque. En la mesa de junto varios hombres jugaban a los dados. Conocían a mi amigo, así que muy pronto estábamos botaneando con ellos, jugando, hablando de política. Bebimos cantidades navegables: unos tequila, otros pulque. Como le digo, es un pueblo chico y todos se conocen; varios trabajaban en ranchos de Garciadiego. Gente de campo, que carga pistolas y machetes. Acabamos calculando qué tanto mejora la puntería con el alcohol.

Aldama secundó su carcajada. Santiesteban engulló otro bocado y siguió con sus recuerdos:

—Cada uno empezó a contar sus hazañas, y así salió a la conversación el Charro Negro, un sujeto que había vivido varios años en uno de los ranchos de Garciadiego, como a media hora de ahí, en medio del campo, rumbo a Huamantla. Se andaba escondiendo. Se vestía de negro pero siempre se ponía algún detalle verde: una raya o un lunar en la corbata, un dibujo en el cincho. Una pluma en el sombrero. Decía que le daba suerte. No era amigo de nadie, más bien, todos le tenían un poco de miedo. El que primero se acordó de él estaba ganando la partida: tenía una gran nariz ganchuda y ojos negros. Le dio un trago al pulque antes de tomar el cubilete y lo agitó para que sonaran los dados: «Me acuerdo de él porque yo trabajaba en el establo, con la mamá de Garciadiego, la señora Juana. Este Charro Negro era muy buen tirador, disparaba con las dos manos. Le gustaba matar chintetes». No me quedó más remedio que preguntar qué chingaos eran los chintetes. Todos se rieron. Alguien pidió otro pulque. El tipo dejó caer el cubilete sobre la mesa, pero dejó la mano encima, sin destaparlo todavía: «Son como iguanas. Iguanas de tierra fría. Él les atinaba siempre. Nunca lo vi fallar un tiro». Levantó el cubilete y lanzó una mirada a los dados: un par de ases. Hizo un gesto de duda, pero regresó los otros tres dados al cubilete, dejando el par. Los revolvió muy fuerte, consciente de que todos lo observaban, y por fin lo azotó sobre la mesa. Luego fue levantándolo poco a poco, pero hizo un gesto de decepción: «¡Mal rayo! ¡Me quedé con los dos ases!». Alguien le dijo que era la mala suerte por mencionar al pistolero.

Santiesteban le dio un trago al refresco:

—Ya para entonces yo estaba sospechando que el tal Charro Negro se parecía muchísimo a alguien que yo había conocido años antes, un chofer de Garciadiego que de repente, más o menos en la época de la que hablábamos, dejó el trabajo sin dar explicaciones. Entre más cosas decían más seguro estaba yo de reconocerlo, sólo que en México se llamaba Manuel Arce. Siguieron contado: cuando se emborrachaba se acordaba de cosas que no era bueno escuchar, porque con los recuerdos le venían las ganas de pelearse. Como si extrañara los tiempos en que uno podía echar tiros sin miedo a las consecuencias. Entre una cosa y otra, contaba que se había robado muchachas para los políticos, había amenazado y golpeado a mucha gente. Le gustaba presumir: a él no se le acalambraba la mano si había que matar a un revoltoso.

Aldama dio el último trago al café:

—¿Supo qué fue de él?

—Para cuando me contaron todo esto ya se había ido de ahí. Me dijeron que lo llamó el general Ávila a trabajar con él en Puebla. Según otro, lo habían asesinado en una cantina de Veracruz, en un carnaval. Al parecer se emborrachó y empezó un tiroteo. Antes de que lo acabaran de matar se llevó por delante a otros cuatro.

—¿Según usted se llamaba Manuel Arce?

—Eso decía él: también debe haber tenido otros nombres. Hace poco, revisando recibos, encontré unos con una firma que me lo recordó. Si fuera cierto, ahora lo conocen como Manuel Lozano.

—¿Entonces no lo mataron?

—Vaya usté a saber: suena como una buena manera de borrarse del mapa. Se ve que Garciadiego lo estimaba al grado de esconderlo en su rancho. Créame: no es fácil reemplazar a alguien así.

Fito se dio vuelta en la cama, tratando de no despertar a Eva, implorando hallar una postura, un rincón entre las sábanas donde pudiera dormir. A veces sólo cerraba los ojos por unos minutos. Empezaba a soñar imágenes dispersas, pensamientos que luego era incapaz de recuperar. Antes de que se consolidaran despertaba a la misma noche inhóspita. Y casi no podía moverse en la cama si no quería molestar.

Miró a su mujer. Había llorado mucho al principio, pero ahora la tristeza la abatía como un trancazo. Respiraba con suavidad, lejos de dudas y pesadillas. Él no había vuelto a dormir bien desde la muerte de Esperanza, pero ahora el insomnio se había recrudecido. Tenía ojeras muy hondas, y ni siquiera su extrema cortesía conseguía esconder su malestar. Hiciera lo que hiciera, de día o de noche, el asunto buscaba acomodo en su mente con la misma ansiedad con que él se retorcía en busca de una posición cómoda.

Él le echaba la culpa a su diálogo con Aldama, pues ahí evocó la escena por primera vez. Sintió alivio cuando se despidieron, como si por fin pudiera recordar sin censura su último diálogo con su hermana. Había sido hostil con ella, no precisamente el recuerdo que quería guardar. No era un recuerdo justo y lo sabía muy bien, aunque (esa conciencia empezó a aflorar durante la conversación con Aldama) en esas últimas peleas se resumía su relación con ella: la irritación, las tensiones que los unieron, que los movieron (quizás ella hubiera usado la palabra *dialéctica,* un poco para molestarlo, pues él prefería evitarla) y acabaron por separarlos. Se dio vuelta una vez más, acomodó la almohada, y se pidió clemencia a sí mismo: llegaba otra vez a esa conclusión a la que había llegado ya incontables veces. Eso era lo que le dolía más: ella había muerto sin que el vaivén los acercara otra vez, antes de que las afinidades volvieran a sobresalir entre los desacuerdos.

Por qué le habían puesto ese nombre. Algo tenía que ver con su tenacidad, su negativa a rendirse. A veces se había burlado de ella por eso:

—Esperanza, no vale la pena. Los mineros no van a ganar. Está decidido. Hagan lo que hagan: aunque caminen desde Coahuila hasta México, aunque alguno se muera en la carretera, aunque se les desgarren los pies y dejen huellas de sangre, aunque vengan a plantarse en el Zócalo. Que digan misa. Su huelga no va a triunfar.

—Varios niños se han muerto de hambre, Adolfo.

—Esperanza, no hay manera.

—¿Sabes que las mujeres van al rastro a recoger del suelo la sangre, las vísceras que los carniceros no se quieren llevar?

—Eso quedaría muy bien en una de las novelas de Traven, pero no estamos en el teatro.

La cara de ella se endureció.

—No es teatro: es gente explotada, que se muere de hambre. Si eso ya no te conmueve y no te indigna, no mereces ocupar el puesto que tienes. No te lo digo por amor a la oratoria, que es tu especialidad. Si esto no te afecta, estás perdiendo tu inteligencia. Ya no entiendes lo que sucede. En este país hubo una revolución. Las viejas costumbres y las viejas instituciones lo estaban ahogando. Si la revolución pierde la capacidad de ampliarse para dar lugar al futuro, cava su propia tumba. Se abraza al pasado en vez de crecer.

Vio acentuarse las arrugas en la frente de su hermano y se dio cuenta de la insistencia un poco ansiosa de sus palabras. Trató de cambiar de tono:

—No te lo digo por sentimentalismo ni solamente por razones morales, aunque sería una estupidez no tomarlas en cuenta. Te lo digo en términos pragmáticos. Si la revolución le da la espalda a los trabajadores, empezará su declive. Pero también el tuyo: ahí empiezan tu vejez y tu muerte.

Estaban en el despacho de Fito. Él hizo girar una pluma negra equilibrada en una esferita dorada, sobre el escritorio, dándose un momento antes de replicar.

—Tampoco te contesto sólo desde mis intereses y mi comodidad, Esperanza. El hambre me entristece y me indigna todo lo que quieras, pero eso no va a cambiar las cosas. Mejor dicho: las cosas han cambiado y tú no quieres darte cuenta. Una cosa es la revolución, que ya terminó hace veinte años, y otra la necesidad de restablecer una vida normal. Tomo en cuenta la situación real de este país, nuestra vecindad con los Estados Unidos, los apoyos que el gobierno necesita, no de los obreros, sino de los dueños del dinero, tanto de los nacionales como de los capitales extranjeros. Se trata de promover el desarrollo industrial, de que haya crecimiento económico y los negocios puedan fortalecerse con la seguridad de que no van a cederles sus ganancias a los obreros. Tú quisieras seguir viviendo en el sexenio de Cárdenas. Pero aunque él siguiera en el poder, éste es otro momento. Ni siquiera depende de las personas. Tú misma fuiste a verlo, y él te dijo lo mismo que te estoy diciendo yo.

Esperanza hizo un gesto desanimado, pero duró muy poco:

—Fui a verlo a él, sí. Estuvimos tres o cuatro horas discutiendo la situación, sopesando las cosas. De ahí salieron otras citas. He hablado con mucha gente que tiene intereses en esto. He buscado alianzas, he conseguido que otros se mantengan al margen. Después de horas de cabildeos he salido sin saber si una promesa tenía posibilidades de materializarse o si me lo decían para ganar tiempo. Pero ya me oíste: ni los mineros, ni el país, ni yo podemos renunciar. Necesitamos un mundo donde podamos vivir. Ya no podemos resignarnos a éste donde nos tallamos con el hocico pegado al suelo. ¿Te gusta la frase? Se la oí a una de las mujeres del sindicato de mineros, una que vino a contarnos lo que pasa. Ya sabes: una mujer de treinta y cinco años que parece de cincuenta. Ya no pueden sacrificarse más ni comer menos.

Se quedó callada un momento. Fito conocía esa expresión: así se ponía Esperanza en las montañas, cuando todos estaban exhaustos y el risco se obstinaba contra ellos.

De repente su hermana volvió a hablar como si estuvieran en una sobremesa familiar:

—Tú y yo vivimos la revolución cuando éramos niños. Acuérdate de los cadáveres en la banqueta. Nunca se me ha olvidado un perro que le lamía la cuenca del ojo a un soldado tirado a media calle. Eso no se borra. Ahora al presidente le dan asco los que huelen a pueblo y prefiere fundar un fraccionamiento de casas estilo californiano, pero así no es este país. Para decírtelo en español, muy clarito: vamos a seguir peleando.

Fito suspiró. Volvió a jugar con la pluma. A veces sentía que no habían salido de la adolescencia.

—Muy bien: pongamos los pies en el día de hoy. Te lo digo tal cual: este gobierno no se va a poner del lado de los mineros. Ni de broma se va a enfrentar a los Estados Unidos ahora que terminó la guerra. Sólo falta que los gringos nos consideren un país comunista, un nido de revolucionarios. Este gobierno no va a permitir que los trabajadores le ganen a la ASARCO. Tampoco va a dejar que el sector obrero tenga, ni mucho menos aparezca públicamente como si tuviera, tanto peso dentro del régimen. ¿Me entiendes? No son sólo los mineros.

—Adolfo, esta lucha no se va a ganar con amenazas. Los mineros están decididos a pelear. Piensan exactamente lo mismo que me acabas de decir: no son sólo ellos. Son todos los trabajadores, todos los sindicatos. Hay que escucharlos. Están pidiendo lo justo. Ya nadie los para.

Fito entrecerró los ojos: un amago de dolor de cabeza relampagueó en sus sienes. Estuvo a punto de suspender la plática, pero conocía a Esperanza: si no trataba de convencerla se volvería más radical; se la imaginó en el encabezado de algún periódico, con el puño en alto, coreando consignas. Sólo muchos años de control le permitieron mirarla como si estuviera pendiente de sus argumentos.

—A ver: para eso se hizo la revolución. Es un sindicato construido desde la solidaridad, desde el trabajo, desde la valentía de sus integrantes. Ahí hay unión y ningún líder corrupto va a torcer las cosas. ¿Qué más?

—Eso es verdad. También es verdad que la justicia está de su lado.

—Eso crees tú. Ya hay negociaciones, gente entrando en razón. Entre los mineros hay muchos dispuestos a abandonar la huelga porque ya la ven perdida.

—Sí, hay algunos panzas blancas —sonrió—. Así les dicen. Ya sabes: hay quienes sólo se pueden imaginar de rodillas, sirviéndole el café al patrón. Otros llegaron en los últimos tiempos, cuando las cosas estaban empeorando. Son gente de Ramírez Vázquez, contratados para romper la huelga. Pero la mayoría está decidida a pelear. No se van a agachar tan fácil. Tienen fuerza. Hay esquiroles, sí, pero también hay personas y organizaciones que los apoyan. No están solos.

—Ya sé —la jaqueca volvió a pincharle el ojo izquierdo, que se le contrajo por una fracción de segundo—. Pero se están lanzando a medir su fuerza con el gobierno. Está muy bien decirlo cuando acampan en la carretera y hacen sus fogatas y cantan corridos y se acuerdan de la revolución. Pero tú y yo no somos obreros en huelga. Tú lo sabes: este gobierno tiene muy clara su política, y no es una política a favor de huelgas y rebeliones, sino de trabajo, desarrollo económico y estabilidad. Oye por favor lo que te estoy diciendo.

Se interrumpió para masajearse la sien con un dedo. Su voz sonó más débil de lo que le hubiera gustado, pero se recuperó pronto:

—Ya falta muy poco para el destape del candidato: un año como máximo. Ahí puede haber mucho margen de error y de duda, pero te digo una cosa: quien llegue se va a asegurar de tener una política muy definida respecto a los movimientos obreros. Se necesita gente que los contenga y les ponga un freno, negociadores que los conozcan y puedan tratar con ellos, incluso personas que les simpaticen, pero no tengan la menor duda sobre lo posible. Mediar, ayudarlos a alcanzar logros concretos. Lo demás son fantasías. Eres demasiado inteligente para no verlo.

Siguió, fatigado, enumerando lo obvio:

—Los periódicos hablan mal de ellos, los están desprestigiando. La gente no los va a apoyar.

—La gente sale a la carretera a darles comida, a llevarles sus ahorros, a regalarles gallinas.

—Sí, pero se enteran ellos y sus familias. A la opinión pública la conducen los periódicos, el radio, comentaristas y editorialistas pagados. Aquí en la ciudad el público oye que son unos vándalos, que destrozaron las minas y violan la ley porque son comunistas. No hay un verdadero movimiento obrero detrás de ellos. Aunque piensen que luchan por todos los trabajadores del país, otros sindicatos no se van a movilizar para apoyarlos. Todo está controlado, tú lo sabes, tú has visto ese proceso. Te imaginas una fuerza que se va a evaporar. Lombardo va a estar con ellos mientras le convenga, ni un segundo más. Tú deberías saberlo, has trabajado con él. Están haciendo todo esto en vano. Y tú no vas a ganar nada comprometiéndote con ellos.

Una nueva punzada le contrajo ligeramente el ojo:

—Esperanza, el movimiento obrero es sólo un aspecto del problema. El otro es aún más serio: la eterna lucha por los recursos naturales en este país, que es y ha sido víctima de todos los saqueos. Sí: para eso se hizo la revolución, para eso fue la expropiación petrolera. ¿De verdad crees que van a permitir un movimiento triunfante en las minas? No me hagas reír.

Hizo un esfuerzo por terminar:

—Además, tú ya no estás para estos trotes.

La voz de Esperanza sonó rara. Demasiado suave, como si ahí se emboscara un animal peligroso:

—Que camine con bastón no significa que esté derrotada. Míralo –lo levantó en su mano derecha, una vara de ébano con mango de plata que le había heredado su abuelo. Aunque la idea estaba fuera de lugar ahí, en su despacho, Fito no tuvo duda: si ella llegaba a necesitarlo, ese bastón era un arma. Su voz volvió a sonar calmada, cortés–: De acuerdo, ya no soy el caballo que fui, pero no me subestimes.

Negó con la cabeza, muy amable:

—No te menosprecio. Al contrario. Soy tu hermano. Te digo esto porque te quiero y me preocupo por ti. Aún es pronto para decir nada, pero el próximo sexenio podría favorecerme mucho. Ya sabes que trabajo con Ruiz Cortines. Podríamos hacer muchas cosas entre tú y yo. Eres una organizadora de primera. A la larga, gente así, colocada en posiciones estratégicas, puede ayudar mucho más a los trabajadores.

Se detuvo al ver la frente arrugada de Esperanza. Hizo una pausa para buscar las palabras, agotado no tanto por el diálogo anterior como por la perspectiva de continuarlo por otros cuarenta minutos.

—Esperanza, no es una cuestión de principios abstractos. Tú tienes razón. Lo reconozco. Pero piensa en ti, en mí, en Roberto, en Gabriel. Puedes empeñar tus energías en algo más provechoso.

—No me chantajees. Además, ni a Gabriel ni a Roberto les gustaría que nos rindiéramos.

—Estás tratando con gente corrupta, sin escrúpulos.

—¿Crees que no lo sé? Están sobornando a algunos mineros; no me extrañaría si lo intentaran en niveles más altos.

—Esperanza: a esta gente un soborno le da risa. Puede ser mucho peor.

—Fito, tú y yo nos la hemos jugado desde chicos. Ya supimos de amenazas y de trancazos cuando fuimos vasconcelistas.

Movió la cabeza, exagerando su desaliento. Hizo un amplio ademán con los brazos:

—Qué pena me das. Yo sólo puedo defenderte si eres razonable.

Ella levantó la cabeza para replicar: no buscaba un provecho personal. Ni siquiera quería salir en los periódicos ni pasar a la historia. Pero él se le adelantó:

—Por lo que más quieras. ¿Amenazas y trancazos? Acuérdate de Germán del Campo.

Esperanza sintió el golpe. No había vuelto a oír el nombre de su amigo desde hacía décadas: le habían dado un tiro en la cabeza al salir de un mitin vasconcelista. Fito la vio apoyarse en el respaldo de la silla, de repente más vieja. Por una fracción de segundo perdió su seguridad, aunque de inmediato trató de erguirse y recuperar su gesto aguerrido.

La vio lastimada, agarrada al bastón como si de ahí le pudiera llegar alguna fuerza. Quiso abrazarla y borrar lo dicho, pero ella empezó a despedirse, exageró su amabilidad para agradecerle su tiempo y su paciencia. Antes de irse lo llamó *hermanito*.

Luego sus recuerdos se desdibujaban. Con un poco de voluntad habría podido reconstruir hasta el mínimo detalle, pero estaba exhausto. Al final la conversación no sirvió de nada, como no habían servido para convencerla tantas discusiones a lo largo de los años: ni siquiera su ejemplo de hombre entregado a la vida pública. Esperanza hacía lo que le daba la gana. Siguió trabajando con los mineros hasta el amargo fin, la historia prosiguió, en el periódico todavía salía alguna que otra esquela rezagada donde se evitaba mencionar la causa de su muerte. Y ahora él no podía dormirse. Le dolía la cabeza. Cada vez peor.

Corazón de corazones:

Desde el otro día te quiero contar algunas cosas que me dan vueltas en la cabeza. Son recuerdos muy viejos, muy borrosos, de cuando era una niñita. Podría pasar toda una tarde contándote y tomando café y viendo pasar a la gente por la calle, pero como no voy a ir a treparme al tren ni tú tienes planes de venir pronto, por lo menos esta semana, te las escribo, para que te imagines un poco quién he sido.

De chica veía mucho a la familia de mi mamá: Gabriel y Roberto vivían con una tía; Fito y yo jugábamos con ellos todo el tiempo, con otros primos de la misma edad. Mi tío Juan, hermano de mi abuelo, era un escritor famoso, y aunque yo habré tenido seis o siete años, me acuerdo muy bien de cuando salió su última novela, porque uno de los personajes se llama como yo. Todos festejaban mucho que le hubiera puesto mi nombre. Por ahí tengo un ejemplar dedicado: «A mi preciosa sobrinita…». Creo que protegía a Elena, mi mamá, porque ella también era aficionada a los libros y escribía poemas. Se había quedado viuda con sus hijos más grandes y con nosotros dos: aunque no éramos exactamente huérfanos, no teníamos un padre que llevar a las reuniones, sino la leyenda de aquel aventurero lejano, dedicado a explorar la selva, a cazar y a andar a caballo. A cada rato nos mandaba cartas, regalos, comida de Oaxaca, pero era muy difícil ir hasta allá y casi nunca lo veíamos. Al tío Juan le iba muy bien, sus comedias tenían mucho éxito y se daba la gran vida con las actrices y las tiples del Teatro Principal, aunque ya era un anciano. A ti no te gustaría esa novela, no tiene nada que ver con lo que tú haces: es una reliquia del siglo pasado, como todo lo que escribía él, pero también fue la primera que salió sobre la revolución. Y cuando la leo me recuerda cómo eran las conversaciones de sobremesa en la casa, con todos hablando de política, de que si Díaz era un tirano, si era un héroe, si su vicepresidente impuesto le iba a costar muy caro... Eso discutían mis tíos cuando yo estaba aprendiendo a leer y empezaba a entenderlos. Y entre todas esas pláticas oí la historia de la mujer que en la novela se llama Esperanza, porque fue muy famosa en esos días.

La Esperanza de mi tío Juan está inspirada en una enfermera heroica de los primeros días de la revolución; ella organizó la Cruz Blanca para atender a los heridos que hubieran sido abandonados por razones políticas, porque la Cruz Roja sólo quería atender a los porfiristas. Yo pasé muchos años creyendo que hablaba de mí, que la mujer de la novela era yo, que alguna vez también iba a irme a pelear en alguna guerra. Un día por fin entendí. Mi tío Juan y mi abuelo nunca se olvidaron de su hermano Manuel. Lo fusilaron en Tacubaya; él también era un estudiante de medicina que decidió cuidar a los heridos del bando proscrito. Su muerte les dolió hasta el fin de sus vidas. Fíjate: años después, cuando empecé a trabajar, también me convertí en enfermera. No se me hubiera ocurrido otra cosa. Como si mi tío Juan hubiera escrito un poco de mi destino y me hubiera heredado el pasado. Como si Elena me hubiera contado tantas historias sobre mi papá saliendo a cazar muy de madrugada en el Istmo para que algún día yo me fuera de excursión contigo.

Ay, querido. Tal vez me da por acordarme de estas antigüedades porque creo que a ti te gustarían o porque me imagino que esos chismes de la familia me encaminaban hacia ti. ¿Tú qué opinas de todos estos cálculos? ¿Crees que de todas maneras nos querríamos, aunque yo fuera hija de una familia aburrida y normal y tú de otra? Dímelo.

Muchos besos,

E

Aldama despertó muy temprano, sin recordar bien sus sueños, aunque todos se referían al matón que quizás espiaba su casa desde la esquina. Las anécdotas sobre el pistolero de Apizaco se le cruzaban con recuerdos del hombre de los lentes metálicos; si para asuntos estadísticos lo decisivo era comprobar que Ramírcz Vázquez empleaba pistoleros, era crucial adivinar los próximos pasos de aquel hombre tan concreto: Lozano, Arce, Charro Negro, o como se llamara. Él y no cualquier otro. Al pasar la navaja por su piel enjabonada lo rozó una sensación de desamparo, pero se disolvió cuando quiso atraparla entre las líneas trazadas por el rastrillo mal esgrimido con la zurda. Pancho tampoco llegó a desayunar. Acabó resignándose a tomar su café a solas; la ausencia del gato le dio tiempo para pensar.

En un país dominado por las especulaciones en torno al próximo destape del candidato a la presidencia, Ramírez Vázquez debía tener sus favoritos y sus antipatías, sus opiniones sobre quien iba a sucederlo en la Secretaría, sus recursos para inclinar la balanza hacia un desenlace favorable para él. Sin duda había barajado muchas veces el nombre de Fito, otro abogado experimentado en negociar conflictos obreros, cuyas conexiones políticas quizá no lo complacían.

La muerte de Esperanza había sido un mensaje, su oráculo sobre los futuros rumbos de la política laboral. Más de un político debía estar observando si prevalecía la versión del suicidio o si alguien la impugnaba.

De repente se sintió incómodo. Aunque muchas veces se divertía hablando de la situación nacional y había dedicado horas a adivinar quién sería el próximo presidente, lo abrumó la conciencia de estar condenado a descifrar los manejos de aquellos farsantes, expertos en proyectar imágenes seductoras que poco tenían que ver con sus negocios y sus complicidades. Qué sabía él de la vida íntima de un Estado al que sólo conocía a través de los periódicos o de los noticieros del radio, cuando sus funcionarios posaban en escenas calculadas para embobar a espectadores entrenados para aplaudir. Cuántos intercambios sucedidos en terrazas, en automóviles, en cantinas, quedaban para siempre escondidos en las agendas de funcionarios que fingían hacer viajes de rutina. Fito se decía desolado por la muerte de su hermana: ¿de veras lo sentía, o la noticia ni siquiera le había sorprendido? Ramírez Vázquez podía estar derramando elogios a la solidaridad sindical frente a un grupo de líderes corruptos. Su propio jefe, Andrade, lo presionaba para cerrar pronto el expediente. Desde luego no planeaba apoyarlo para seguir una investigación profunda e incluso trataría de obstaculizarlo si encontraba algo comprometedor. No tenía idea de sus posibles conexiones con Ramírez Vázquez; Fito le había dicho que lo conocía desde hacía años. Se dedicó una pequeña sonrisa sarcástica: el mejor compañero para ese desayuno habría sido Lozano, que aportaría una versión rica en detalles, nombres y vínculos. Estuvo a punto de reconocer que el caso se le escapaba de las manos, pero se sirvió más café: apenas empezaba el día.

Le hacía falta hablar con Alfredo, escuchar otra vez sus alegatos, su sentido común, que alguna vez él había calificado de corrupción y conformismo. Añoró su facilidad para convencerlo: eran preferibles el frontón y tal vez un dominó la noche del jueves, si al cabo no tenían el temple heroico de Esperanza. Tal vez pronto podría almorzar con él aunque le siguiera doliendo el hombro. Lo cual le recordaba que le debía una comida a Marce. Ojalá se hubiera puesto el vestido anaranjado. Se encontró tarareando la tonada que ella canturreaba el otro día: *Por lo que más tú quieras: hasta cuándo.*

La encontró radiante, preciosa en un vestido azul que no le había visto hasta entonces. Se dispuso a contarle sus hallazgos, pero esa mañana ella había perdido el interés en Traven, en Esperanza, en el verdadero nombre del pistolero.

—Te tengo una noticia fantástica: me voy a casar.

Aldama buscó el respaldo de su silla. Se acomodó tratando de no lastimarse otra vez el hombro y sonrió. Una sonrisa educada, llena de mesura: una obra de arte.

—¿Cuándo? ¿Con quién?

—¿Te acuerdas que había terminado con mi novio? En estos días me buscó y nos volvimos a ver. Ahora vamos muy en serio. Me caso a fin de año.

La felicitó con todo el entusiasmo que pudo fingir. De repente la lesión le dolió otra vez.

—No te lastimes, ten cuidado. Ya para la boda vas a estar bien. Podemos bailar por última vez en mi vida de soltera. Ah, por cierto: te volvió a llamar el licenciado Andrade. Que si necesitas algo; ojalá vayas a acabar muy pronto.

La dejó contestar llamadas y mecanografiar la correspondencia. Le prometió llamar a Andrade antes de que acabara el día para tranquilizarlo, pero faltaban muchas horas de trabajo urgente. Aunque no consignara nada en ningún acta, ya no podía dejar colgadas tantas preguntas, necesitaba atar cabos. Volvió a sacar el sobre que le había mandado Lozano y volvió a leer los recortes, a sopesar las anotaciones del lápiz verde.

Ya era tarde cuando se detuvo en un artículo arrancado del periódico; un peritaje hubiera precisado cuál era y de qué fecha, pero esa información estaba mutilada por un corte hecho sin ningún cuidado. Lozano ni siquiera había usado tijeras. Ya lo había leído varias veces, pero de repente le llamó la atención una foto que antes había pasado por alto. Era natural: en realidad la impresión era pésima, puras manchas de tinta, y el lápiz verde enturbiaba todo con un tachón. Él y Marce se habían conformado con registrar que informaba sobre la relación de Esperanza con los mineros, pero ahora le llamó la atención la mujer que sonreía cerca del borde: era Maira, sin la menor duda.

Volvió a leer esos párrafos. Tres días antes la nota le había parecido irrelevante, pero ahora se detuvo en una frase: *sindicatos del bloque comunista*. Recordó la sonrisa evasiva de la mujer. Aunque su nombre no aparecía por ningún lado, la nota informaba sobre un convenio con fines educativos, que las personas fotografiadas acababan de firmar. El lápiz verde atravesaba la cara de la alemana después de tachar la de Esperanza.

Recordó la risa de Novo. Algo le había dicho sobre ataques, protestas y bombas que repetía casi exactamente una de las frases garabateadas con mayúsculas verdes. De repente entendió de otra manera las palabras pintarrajeadas sobre las dos mujeres: era una amenaza de muerte.

Salió de su oficina corriendo. El hombro le volvió a dar otro jalón.

Ojalá no llegara muy tarde.

Ya estaba muy oscuro cuando llegó. Se detuvo cerca de la esquina para calcular sus movimientos; el golpe en el hombro lo obligaba a ser cauto. Le llamó la atención una figura enfundada en una chamarra, con una gorra de tela, que se alejaba a buen paso por la acera opuesta. Se preguntó si venía de casa de Maira: le pareció vagamente familiar, debía ser uno de los mineros que había visto en el velorio, pero no se acercó lo suficiente para verlo bien. No se veía luz en ninguna ventana; al parecer la casa estaba vacía. Decidió vigilar un rato para tener una idea más exacta de la gente que entraba y salía de aquel lugar. Había tenido la precaución de sacar con anticipación la pistola; tal vez antes del amanecer tendría que jugársela y disparar con la zurda.

Apenas llegó junto a la casa lo sobresaltó un estruendo de golpes que interpretó como una puerta destrozada a patadas. Imaginó a Maira despertando de una pesadilla, escuchando los pasos que se acercaban, calculando si sería mejor saltar por la ventana o darse un tiro en la cabeza. Mientras se preguntaba cuál sería la mejor manera de ayudarla la puerta principal se abrió de un golpe. Apenas tuvo tiempo de ocultarse detrás de un árbol.

Los movimientos de Lozano delataban su furia. No había podido atrapar a ninguno de los rojos; la red parecía haberse desintegrado en sus narices. Ahora esa puta también lo eludía. Había estado a punto de destrozar la casa, pero tal vez todavía la alcanzara.

Maira colgó el teléfono: eran las diez y diez. Calculó que si Enríquez había visto a Lozano salir del despacho de Garciadiego y Asociados, en el centro, pasaría por lo menos media hora, quizá cuarenta minutos antes de que llegara por ella. No podía perder tiempo; desde hacía varios días tenía listo un maletín de cuero negro con lo indispensable, pero había retrasado hasta el último momento un ritual que ahora ocupó toda su atención. Seria, consciente de sus movimientos, se cortó el pelo frente al espejo. Recogió los mechones en una toalla que luego envolvió en una bolsa de papel; la dejaría en cualquier bote de basura, en la calle, en cuanto se alejara de la casa. El pelo casi a rape hacía resaltar sus pómulos, sus ojos un tanto agrandados por la tensión. Se puso una gorra de tela corriente, pero le quitó un botón alusivo a la huelga.

Cuando acabó de disfrazarse con las ropas de minero habían pasado veinte minutos. Se miró y aprobó el resultado. Revisó un bolsillo interior de la chamarra, donde palpó una pistola modelo detective. Quizás antes de que terminara la noche su corte de pelo iba a facilitar la trayectoria del tiro, pero prefirió pensar que tenía posibilidades de dispararla contra Lozano.

El último toque fue la bufanda de cuadros grises que Esperanza le había traído de Nueva York. En los momentos más tristes se acurrucaba y se envolvía en el tejido. La consolaba pensar que algo de su amiga seguía con ella. Ahora esa lejana caricia de Esperanza iba a acompañarla, aunque tal vez fuera peligroso: la había usado en el entierro. Lozano podía haber visto fotos o haber acechado desde algún escondite. Además, no le gustaba guardar vestigios de las personas que dejaba de ser. Tras un instante de duda se decidió; no había mucho tiempo. Cerró bien la puerta y empezó a caminar en la noche que enfriaba. Se amarró la bufanda por dentro, para esconderla un poco, y se cerró hasta el cuello la chamarra del minero. Un tal Schwartz. En la esquina tomó un tranvía rumbo a la estación de Buenavista.

Miró su reloj: habían pasado treinta minutos desde que recibió el aviso. Sentado en una de las filas del tranvía, se dijo que en esos momentos Lozano debía estar abriendo la puerta de la casa con una ganzúa. Tardaría en revisar todas las habitaciones y comprobar que Maira no estaba por ningún lado. Iba a encontrar detalles como el botón de la huelga, llamativamente tirado en el piso de la cocina. Quizá recogería otros indicios de sus actividades.

Esa breve tregua le permitió calmarse: Lozano no encontraría nada importante. Enríquez y Blake (pero los dos eran nombres falsos) acababan de irse. Hicieron planes, se pusieron de acuerdo. Desde la muerte de Esperanza sabía que sus días en esa casa eran ya muy pocos y se había dedicado a desaparecer cualquier papel, cualquier fotografía, cualquier objeto que sirviera para reconstruir las actividades o las intenciones de Maira, la traductora de documentos comerciales. Qué tan informado estaba Lozano era algo que ahora iba a descubrir.

Bajó del tranvía ya muy cerca de la estación; era cuestión de caminar media cuadra, atravesar el pasillo, comprar un boleto a Torreón. El próximo tren aún tardaría quince minutos en salir. Resignado, el señor Schwartz pagó la tarifa, y se dispuso a esperar. En una silla había un ejemplar de *Mañana.* Lo hojeó hasta descubrir un crucigrama intacto. Al lado había una columna que le gustaba leer de vez en cuando: *Close up de nuestro cine.* Le pareció un pequeño signo de buena suerte, porque el crítico era amigo de Gabriel Figueroa. Nadie le había prestado la menor atención.

En cuanto acomodó su maletín negro en la repisa sobre el asiento y se sentó con la intención de resolver el crucigrama, vio a Lozano en el andén, enfundado en su gabardina verde, inconfundibles los lentes redondos de armazón metálico. Detestó comprobar que sabía lo suficiente como para llegar hasta ahí. Observó con discreción a través de la ventana, lo vio moverse con rapidez a lo largo del andén.

El tren estaba por arrancar. Lozano subió a uno de los primeros vagones, como si buscara un lugar cómodo, una cara, un objeto reconocible. Pronto llegó hasta donde se había instalado Schwartz. Lo atrajo la bufanda arrugada sobre el asiento vacío, como si reconociera esa lana cuadriculada en distintos tonos de gris. Vio de reojo el maletín de cuero negro colocado en la repisa, que hacía juego con otro que había dejado en la casa revuelta. Recogió la bufanda con una sensación de victoria: Maira no podía estar lejos. El tren ganaba velocidad.

Desde el andén, Schwartz lo vio irse y contuvo una risa íntima de la que nadie se percató. Sin apresurarse, caminó hasta la avenida y abordó otro tranvía, esta vez en dirección al sur. Esa noche iba a dormir en un hotelito barato de

Cuautla. El tren arrebataba a Lozano hacia una casa donde el grupo se había estado reuniendo hasta hacía dos o tres semanas, cerca del centro de Torreón. Tal vez seguiría buscando a Maira durante mucho tiempo. Schwartz volvió a reírse al imaginar cómo abría el maletín negro y sacaba, una tras otra, sus ropas de mujer, unos cuantos frascos con perfumes y cremas, un pedazo de jabón: nada.

Amparado por el disfraz de minero, Schwartz se quedó dormido en el camión que lo llevaba a Cuautla. Despertó de un brinco, seguro de que Lozano acababa de asomar la cabeza dos asientos atrás, pero sólo se había agitado en sus sueños. Al poco rato se volvió a dormir sin darse cuenta, exhausto, la cara caída entre el respaldo y la ventana, apoyada sobre el vidrio a veces tembloroso por las irregularidades de la carretera, aspirando el olor a desinfectante que emanaba del piso o de la tela un tanto áspera que tapizaba los asientos, un olor como el del hospital, que Esperanza no podía acabar de quitarse por más que se había bañado, cepillado, vuelto a lavar. *Lo tengo metido en los sesos.* Los ojos enrojecidos de su amiga la miraban por entre los dedos que agarraban la cara como si quisiera quitarse una parte del cráneo, destaparlo como si fuera la tapa de un frasco, como si al abrirlo pudiera sacarse las garras que lo pellizcaban, *como si me hubieran arañado los recuerdos, uñas negras clavadas donde deberían estar las canciones de mi mamá, la voz de Roberto, vino hace un momento a traerme un té y hasta que empezó a hablar yo no me acordaba de su voz, no sabía qué iba a decirme.* Schwartz se despertó, tal vez porque el camión había frenado con cierta brusquedad, tal vez para espantar ese recuerdo, tan real en su sueño. Volvió a acostumbrarse a la marcha ahora más veloz, pero las imágenes no lo abandonaron, la voz mojada de Esperanza, tan desvalida de repente. *¿Te das cuenta? Crecimos juntos: sé que crecimos juntos, he vivido con Roberto toda mi vida pero se me olvida su voz. Ya no voy a poder escribir: no puedo hilar dos párrafos, no puedo organizar ideas, me agujerearon el cerebro. ¿Verdad que yo antes traducía? ¿Te acuerdas?*

La había abrazado, la había arrullado esperando que pudiera llorar, había murmurado su nombre, pero los primeros sollozos le erizaron la piel. ¿Y si ya no paraba nunca? ¿Si Esperanza seguía llorando en sus brazos toda la noche, si estaba rota sin remedio? El pelo desgreñado escurría a los lados de su cara y caía sobre la bata como un animal muerto. El terror se le comunicó como si entre sus corazones surgiera un diálogo despavorido, dos minúsculos tambores perdidos en un desierto rocoso y calcinado. La apretó entre sus brazos: ahí podían morirse, aullar durante siglos sin encontrar el rumbo. Sólo en ella, en algún músculo ciego de su pecho quedaba un resto de fuerza que quizá las salvaría si podían seguir respirando. La sintió desmadejarse en sus brazos, sintió el calambre de su corazón un segundo antes de rendirse. Hundió sus labios en el pelo de su amiga y la sintió sollozar otra vez. Cuántas horas esa noche.

Cómo quisiera deshacer los últimos días, regresar a ese momento que ahora parecía tan feliz, cuando en esa misma recámara tomaba un tecito con piquete y sentía que el dolor se amansaba. Hacía más de un año del accidente y Esperanza estaba cada vez peor: deprimida al sentirse casi inválida, con dolores intensos en la pelvis y en la pierna izquierda, asustada, de mal humor por tener que acostumbrarse al bastón. Era natural, le había dicho Gabriel a Aldama, y lo mismo le dirían los Figueroa durante años a la gente: todos esos conocidos y amigos no necesitaban saber la verdad. Era natural que el accidente la hubiera dejado frágil y asustadiza. Callaban el miedo insidioso que empezó a atosigarlos. Al principio había parecido, sí, natural: Esperanza despertaba de golpe, buscando en la oscuridad algo de qué detenerse, gimiendo con la voz animal de los sueños. Roberto la abrazaba y oía sus recuerdos entrecortados del accidente, la sensación de caer, el resbalón. Cuando regresó de Nueva Rosita empezó a creer que la perseguían, la espiaban, podían atacarla. Los Figueroa lo platicaron muchas veces y estuvieron de acuerdo en que ellos también estarían aterrorizados si hubieran vivido esas amenazas. Pero Esperanza empezó a obsesionarse: ¿quién le había movido los papeles sobre el escritorio? ¿Quién había abierto la ventana, si ella la había dejado cerrada?

El médico que veían entonces, un doctor Mariano Ugalde, le recetó calmantes. Como los síntomas no cedían, diagnosticó que los dolores debían tener un origen psicológico. Más que convaleciente de una caída en la montaña, Esperanza era una histérica. Había tratamientos nuevos, les dijo. Iban a tener que internarla por unos días, nada serio. Verían muy pronto la mejoría.

A Roberto nunca dejó de remorderle la conciencia, porque hasta el último momento Esperanza dudó del tratamiento. *No estoy loca, Roberto. He visto a alguien en la casa, te lo juro, estaba en el estudio.* La acompañó al hospital, estuvo con ella toda la tarde, leyéndole poemas, planeando que comprarían un buen perro, ensayando una canción, porque a veces les daba por cantar juntos. Hasta que vinieron a decirle que ya no era hora de visitarla, podía irse tranquilo. Le dio un beso y le prometió reforzar las chapas. La dejó sentada en la cama, con una bata verde, cepillándose el pelo.

Un rato después entró un enfermero con lentes de armazón metálico. A Maira se le cayó el alma a los pies cuando su amiga se lo contó: ¿Estás segura? ¿Un tipo alto, corpulento? Esperanza hizo un gesto amargo: mira cómo me dejó. Le dio mala espina y trató de levantarse, pero estaba débil y le costaba trabajo moverse; luego entendió que le habían dado algo que no la hizo perder la conciencia, pero la entorpeció. Según el enfermero, tenían que volver a hacerle unas placas que habían salido mal. Ella también era enfermera, toda la vida había estado en situaciones así y sabía que los pacientes obedecen, pero trató de resistir. Quiso llamar a otra enfermera, pero él la detuvo y la cargó para atarla a una camilla. Cuando quiso defenderse entendió que en ese hospital su terror parecería un síntoma de la enfermedad; gritar sólo daba la razón al enfermero de los lentes metálicos, que esgrimía una receta del doctor Ugalde. A pesar de sus protestas la trasladó a un gabinete muy pequeño; seguía tratando de escaparse, pero ya le había atado las muñecas con unas correas de cuero y le estaba poniendo electrodos en la cabeza. La pesada puerta metálica ahogó todos los ruidos. Si trataba de sacudirse, la vértebra le pellizcaba el nervio y un dolor ácido le corría por la pierna, por la espalda. *Cállate.* El tipo hablaba en voz baja, con los dientes apretados. *Cállate, puta, cállate si no quieres que todo sea peor.*

¿Por qué darle un electroshock a alguien que tiene lastimada la columna? Por más que le explicaran el diagnóstico del doctor Ugalde y le dijeran que había sido un tratamiento de rutina, Maira nunca dejó de preguntarse cuántos dolores sufridos por Esperanza en las semanas siguientes fueron causados por esos minutos de tortura convulsiva a través de las vértebras lastimadas por el accidente. Nunca supo si aquel doctor Ugalde tendría algo que ver con la clausura del hospital de los mineros. A ella la despertó el teléfono en medio de la madrugada: Roberto y Gabriel no se habían quedado tranquilos y habían regresado al hospital. Acababan de sacarla contra las recomendaciones de los médicos, se la llevaron medio inconsciente por los pasillos, la subieron al coche, la oyeron quejarse y acusar al enfermero, obsesionada con los lentes de armazón metálico. Trataron de calmarla y llamaron a otro médico, el doctor Pérez Amezcua, que les prometió ir a verla lo antes posible. También la llamaron a ella, porque se los pidió Esperanza. Esta noche de verdad la necesitaba. Maira cruzó en un taxi la ciudad dormida para ayudar un poco a los Figueroa.

Herr T:

Tengo que llamar al cerrajero y asegurarme de cerrar bien la ventana cada noche. Que no se me olvide. A Roberto le va a parecer una tontería. No quiero que se asuste. Ya no quiero volver a decirle. Anoche me abrazó y quiso consolarme; vi la tristeza en sus ojos. Está preocupado, le doy un poco de lástima. Desde el electroshock cree que estoy loca. Si estoy loca puedo dejar que me cuide, que me siga queriendo y se encargue de todo, que me vuelva a asegurar que nadie me persigue. Es un delirio, mi nena, si te tomas el té se te va a olvidar.

Me puedo acurrucar junto a él, dejarlo que me proteja. Ha engordado, pero tiene los brazos del deportista que fue cuando nos casamos. Si el tipo de los anteojos llega cuando Roberto esté conmigo no le va a ser fácil atacarme.

No lo puedo jurar y no puedo demostrar nada: anoche lo vi en el jardín pero no encontramos ningún rastro y no quiero hacerles más escenas a Gabriel ni a Roberto. Ya han sufrido mucho. Les he dado tanta lata. Roberto me quiere muchísimo, Gabriel también, pero ya no aguantan verme llorar, no les gusta que me tiemble la voz. ¿Qué tanto he cambiado? ¿Antes dormía más tiempo? Por lo menos Pérez Amezcua me cree: ya diagnosticó que los dolores se deben a un nervio pellizcado entre las vértebras. Su tratamiento me está haciendo bien. Tal vez nunca vuelva a escalar una montaña, pero dice que voy a volver a ser fuerte, a caminar bien. Necesito trabajar para consolarme un poco, para mantenerme más o menos cuerda, aunque Roberto dice que debería descansar. Le cuesta trabajo entender esta manía, ¿sabes?, pensar en las palabras, en las maneras de decir en español lo que tú pusiste en alemán y yo leo en inglés, acomodar una frase, ponerla al derecho y al revés. Esta traducción ha sido mucho más difícil. Antes era pasar a máquina las palabras, casi sin diccionario, casi al dictado. Ahora tengo dudas. Me doy cuenta, cada cosa se podría decir de tres, de mil formas. Hay abismos en las palabras. Como si antes patinara sobre ellas y ahora fueran porosas. Las galerías de los mineros, el paisaje subterráneo.

¿Estoy más susceptible? ¿Por qué antes me gustaba el whisky y ahora me cae tan mal? Esta tristeza es enfermiza. Quisiera acabar ya. No voy a aguantar mucho. Ese golpeteo allá afuera es tal vez el viento, tal vez el ruido que Delfina hace siempre. No quiero asomarme a buscar. Ahora lo oigo distinto. Ahora lo oigo.

Schwartz se bajó del camión antes de llegar a la terminal de Cuautla y caminó por los callejones, respirando el aire impregnado de olores vegetales. Enríquez y Blake debían estar llegando también a los lugares donde dormirían esa noche. Tendría que adivinar que estaban a salvo por la ausencia de noticias en los periódicos, aunque nunca podría estar seguro. Después de veinte minutos de marcha llegó a una pequeña casa de adobe medio oculta entre enredaderas y árboles frutales, envuelta en el aroma de un huele de noche. Dio dos golpes en la puerta y esperó. Unos minutos después volvió a llamar, completando la señal. Tardó todavía en oír los pasos acercarse hasta él. En la penumbra le pareció que Mauricio estaba triste y agotado, pero se abrazaron sintiendo que había pasado lo peor.

T querido, mi B:

¿Quién soy? Crecí con Gabriel y con Roberto en esta ciudad; no he dejado una sola huella en sus calles. Cuántos pasan todos los días por esta esquina de Avenida Coyoacán y Pilares, absortos en sus urgencias personales, en los desastres del día, aunque en la banqueta no hay un puesto de periódicos. No hace tanto aquí había una milpa cultivada por algún vecino de Tlacoquemécatl; miles de personas han cruzado de un lado a otro (enamoradas, angustiadas por un diagnóstico, aterrorizadas por la noticia de un asesinato o una guerra) y no han dejado otra marca reconocible que una firma o un retrato, aunque hayan construido edificios, escrito libros, aunque alguna calle lleve sus nombres que ya nadie asocia con esos seres convertidos en tierra. Aunque hayan ocupado altos cargos y tomado decisiones que afectaron a millones. Es un poco cruel, pero cualquier cuchara de mi cocina durará más que yo. Me parezco más al agua que escapa por la coladera, a veces más sucia, más cargada con los restos del día, sin parar siempre.

En ese afán de apresar algo pienso: he vivido aquí muchos años. Cuando Roberto me besa en la mañana y bajamos a hacernos el desayuno practicamos el ritual de ser nosotros, nos mandamos señales y nos reconocemos. *Tal vez yo no sabría vivir si no pudiera regresar a sus pequeñas bromas y a los nombres cariñosos, a la sensación de tierra firme que siento cuando toma su rosquita de canela de la canasta de pan y la moja en el café y me señala uno de los encabezados del periódico. Hemos pasado juntos a través de tantas cosas; soy su esposa. Si alguien sabe algo de Esperanza seguramente es él.*

Excepto. Suena de repente el teléfono y Henry me exige otra vez que sea suya, la Esperanza de su vida (lo dice sin inmutarse). Hablo con él, a veces lloramos. Hablamos en inglés; le pregunto por las palabras que de repente me faltan: ¿cómo dirías esto o aquello? Él me traduce y lo intento, o hablamos en español y él tropieza con su acento, con zonas incomprensibles de México. Eso vuelve obvias ciertas manchas, islas, lapsos.

Entre tanto me acabo de pasar al estudio; dejé a Roberto en la cocina. Me duele: no quiero lastimar a uno ni al otro, tampoco quiero lastimarme yo. Henry insiste, exige, sufre. Con él hay una añoranza; siempre hemos tenido conciencia de la vida que no pudimos vivir. Quizás es un rasgo de su carácter. Nuestro encuentro siempre está lleno de pequeños o grandes agujeros. Como las redes y los encajes.

Y tú y yo, que no pretendemos fundar nada más que otra versión de los libros y existir en las márgenes, donde nada permanece.

Aldama vio a Lozano subir al tren. Iba a seguirlo cuando le llamó la atención un hombre que caminaba hacia el final del andén. Le pareció reconocerlo: era el minero que había visto alejarse de casa de Maira. El tipo estaba a punto de desaparecer, pero si se apuraba podía alcanzarlo. Ese instante de duda decidió todo: el tren arrancó y él se quedó ahí parado entre la gente que se despedía.

Siguió al minero a suficiente distancia para pasar inadvertido. Aunque estuvo a punto de perderlo en dos o tres ocasiones, consiguió llegar tras él a la estación de camiones, verlo subir a uno que estaba a punto de salir. Ya no alcanzó boleto, pero se fue en el siguiente, quince minutos después. Iba lleno de gente agotada que, adivinó, venía a la ciudad a trabajar o a vender algo y se regresaba a su pueblo.

Cuando llegó a Cuautla ya había muy poca gente en la pequeña estación y no se veían rastros del minero. Indagó como pudo, sin demasiada suerte, hasta que dio con un niño que andaba por ahí ganándose unos pesos, cargando bultos. El recuerdo del asalto de la otra noche lo puso en guardia, pero el chamaco buscaba un rincón donde acomodarse para dormir y pareció contento de platicar un rato: se había bajado mucha gente del último camión, pero sí se fijó en un tipo como el que andaba buscando, porque le había preguntado una dirección. Aldama le dio un peso para que le siguiera contando. Cuando se despidieron se sintió esperanzado, casi de buen humor.

Las indicaciones del niño lo llevaron a una casita de adobe donde ya no se veía ninguna luz. No quiso alarmar a los ocupantes. Calculó que el fugitivo planeaba descansar y decidió hacer lo mismo; media cuadra antes alguien alquilaba cuartos. Les pidió que lo despertaran al amanecer, pero mucho antes de que lo llamaran ya estaba listo.

Estuvo un buen rato cerca de la casita de adobe, sin tocar la puerta. Esperó por ahí, disfrutando la mañana soleada, viendo pasar gente, cochinos, burros, una que otra carreta, perros flacos y avispados tratando de pepenar algo de comer. Se había dejado la camisa suelta, arremangada y sin corbata, para no llamar la atención en las calles del pueblo. Al cabo salió un tipo vestido con la ropa de manta de los indios. Comprendió que era el minero de anoche, aunque nunca lo había visto de cerca. Caminaba despreocupadamente; imaginó que regresaría.

Mucho más tarde vio salir a otro, el cuate alto y huesudo que andaba buscando. Lo siguió a buena distancia. Tenía varias encomiendas esa mañana: lo vio dejar unas botas en la tienda de un zapatero, comprar unos periódicos, entrar al correo, donde recogió varios sobres y papeles y los revisó con rapidez. Aunque el sombrero ocultaba a medias su cara y se le veía la piel curtida, no hacía falta verle el color de los ojos para saber que era un güero, *un alemán, nórdico, agente, viejo amigo o fugitivo acorralado,* había dicho Maira. Un gringo de miembros delgados y fuertes, acostumbrado al trabajo físico. Algo en su andar hacía pensar en un gato, a la vez furtivo y poderoso.

Como si esa mañana fuera a durar muchas horas, caminaba sin prisa entre los puestos del mercado, comprando algo de vez en cuando, intercambiando dos o tres frases con los marchantes, hasta que su mirada se cruzó con la de un chango que tomaba el sol sobre un muro medio derruido, jugando a atrapar con la cola la rama de un flamboyán. Algo se transformó en él: caminó con enorme cautela para no espantarlo, dio uno o dos pasos, una pausa, otro pasito mínimo. El animal lo vio acercarse. Sin duda calculaba que podía escapar entre las flores anaranjadas del árbol, pero algo debió reconocer en el fugitivo, que dio un paso más. El hombre arrancó un platanito de un racimo recién comprado y se lo ofreció.

El chango lo masticó con aire meditativo, como si fuera a emitir un dictamen, y luego miró al visitante con los ojos muy abiertos, solicitando su opinión. Adelantó los labios en una mueca que no hubiera quedado mal en un debate político. El alemán quiso arrancar otro plátano, pero alguien ya le estaba pasando uno. Se sobresaltó, tomó la fruta sin darse tiempo para pensarlo mucho. El chango ladeó la cabeza para mirar al nuevo invitado y pareció aceptarlo. Les permitió quedarse, se comió lo que le dieron sin dejar de hacer gestos, improvisaron los tres una efímera coexistencia bajo el sol. En cualquier momento el animal podía trepar por las ramas, haciendo gala de la agilidad elástica que le permitía desplazarse con igual facilidad por el árbol, el suelo, los techos y toldos del mercado. Pasó un rato antes de que Aldama se arriesgara a hablar:

—¿Quiere tomarse un café?

Estaban muy cerca de un puesto donde lo molían, con unas cuantas mesas afuera; los envolvía el aroma casi tangible, sedoso y oscuro. El extranjero miró su reloj antes de responder:

—Está bien. Vamos un momento.

La muchacha que los atendió los había estado contemplando. Les trajo las tazas muerta de risa, morena y esbelta en su vestido de algodón floreado.

Aldama probó su café. El otro rompió el silencio:

—Cuando lo vi acercarse al chango pensé que podía hablar con usted. El licenciado Gómez es el chango del mercado: no pertenece a nadie, todos le dan de comer. Tiene muy pocas pulgas y no acepta a cualquiera. Yo lo he visto morder y escupir a quienes no le gustan.

Aldama sonrió. Se acordó de algo que le había contado Maira:

—Se ve que usted se lleva bien con los animales. Quisiera preguntarle algo sobre una víbora. Tiene muchas cabezas.

El hombre asintió:

—Cambia de piel. Cuando le cortan una le salen otras dos. Nadie la puede matar —se rio—. Parece que hay muchas por acá por el sur. Hacen sus nidos acá en Morelos.

—Yo creía que vivían en Chiapas.

El hombre lo midió con una mirada:

—Allá es la mera mata.

—De allá han salido varios libros.

—No me diga que usted también los lee. A mí ya no me gustan tanto. Hay mucho que corregirles todavía.

Se ensombreció. Por algún motivo que nunca acabó de entender, Marco se dejó ganar por la emoción:

—¿Usted cree que salgan más? Yo ya no: ya se nos murió Traven. Andan diciendo que la mataron.

El gringo no trató de esconder su tristeza. Fue como si le cayeran encima los años. Su voz salió empañada por muchas lágrimas atoradas desde hacía días.

—Ella era una de las cabezas más brillantes. Tal vez la más hermosa.

Dejó que el silencio se instalara entre ellos. Sobre él se hicieron oír poco a poco los rumores del mercado, el fragor del comercio. Más abajo estaban las voces de muchos animales relegados por el trajín humano.

—Usted la quería.

Su cara angulosa, de rasgos pronunciados, era muy expresiva. Se contrajo al escuchar las palabras del otro. Muchos años de tradición germánica le ayudaron a recuperar la compostura:

—Ella nunca estará lejos. Aunque eso no importa: están los libros. Nunca hubieran existido en español sin ella, nunca los hubiera leído ningún mexicano, aunque hablen de este país.

Despacio, como si cada movimiento significara mucho, encendió un cigarro, más para mirar el humo desmelenándose en el cenicero que para fumar:

—Ella fue una de las caras de Traven. Como usted dice, si se arranca una cabeza hay otras que siguen pensando, hablando, escribiendo. Le voy a contar un cuento.

Sonrió al repetir la frase para los niños:

—Hace muchos, muchos años… Traven estaba en crisis. Había escrito las novelas ambientadas en Chiapas y se había metido en un lío. Lo amenazaron de muerte por su denuncia de las monterías, pues aunque las novelas están situadas en el porfiriato, hablan de condiciones que persisten todavía. Apenas se escapó de que lo mataran a machetazos. Había vivido años en esos lugares, pero creyó que tendría que irse y no podría regresar nunca. Quiso cambiar de nombre, de rostro. Tal vez nunca volvería a escribir. Y entonces llegó ella.

—La señora B.

—Lo convenció de escribir en español. Ya no importa Europa, le dijo. Las novelas son de aquí. Él la miraba hablar y de repente supo que ella sería Traven. Los libros estaban a punto de empezar otra vez. Así todos, ella y yo también, vivimos tiempos nuevos, que se desprendían de nuestras vidas anteriores y se encaminaban por otros rumbos. El viejo escritor regresó a sus años más vigorosos.

Lo miró de frente con sus ojos grises y agudos.

—Las traducciones al español son un poco distintas de las versiones alemanas. Ella traducía y sugería cambios. Vivían pendientes de la situación del país, de la guerra, de las publicaciones y los dichos de los exiliados. Andaban por la calle, como yo ahora, hablando con la gente, enterándose. Discutían. Querían que cada novela pareciera escrita pocas semanas antes de aparecer. Le quitó el peso de tratar con editores, lo defendió de la prensa, le aconsejó negocios. Ahora le va a costar trabajo tomar esas decisiones solo.

Se le acabó la energía para hablar, como si aquellos enemigos estuvieran a punto de caerle encima. Marco miró su mano apoyada en el borde de la mesa, huesuda, rayada por una cicatriz que le cruzaba la muñeca, como si le hubieran tatuado unas esposas. Se inclinó hacia él para reconfortarlo, pero olió el tabaco, se acordó de su resfriado y frunció la nariz. Como vio su taza vacía, ordenó más café.

—Ya no está.

La voz ahogada apenas era audible.

—Va a pasar mucho tiempo antes de que haya otro libro.

Se irguió como si recordara el presente, ese café en el mercado, el hombre sentado frente a él. Dio un jalón al cigarro y vio los papeles que acababa de recoger en el correo; al sentarse los había dejado sobre la mesa. Los revolvió distraídamente, pensando en otra cosa, pero entre los anuncios y las publicaciones locales afloró una carta a la que antes no había prestado mucha atención. El gringo se alteró en cuanto la vio. Rasgó el sobre y leyó con impaciencia creciente. Al final arrugó el papel. Aldama no entendía el alemán, pero adivinó que la palabra mascullada no era agradable.

La muchacha llegó con las dos tazas humeantes. Aldama le acercó la azucarera al gringo, pero él hizo un gesto negativo.

—Este idiota reclama que no le hayan avisado que Esperanza estaba enferma. Nunca ha entendido nada. Ni siquiera sabe cuánto me costó encontrar su dirección entre los cerros de papeles, cartas, dibujitos, agendas, cuadernos a medio llenar, apuntes de todos tipos que hallé en su escritorio. ¿Cómo no le iba a avisar? No podía pedirle eso a Roberto.

Para olvidarse del tabaco que seguía llegando a su nariz en ondulaciones tentadoras, Aldama leyó el nombre del remitente en el sobre abandonado sobre la mesa: Henry Schnautz.

—¿Un amigo de Esperanza?

El gringo asintió, refrenando su irritación:

—Trabajaba para la viuda de Trotsky. Nunca entendió que Esperanza no era una mujer que se pudiera amarrar. No sé cuántas veces le propuso matrimonio, cuántas le habló para suplicarle que regresara. Nunca se desanimó, eso hay que reconocerlo.

Se rio, contento con esa pequeña venganza.

—Nunca se dio cuenta de cómo sus tentativas de amarla la desanimaban y la deprimían. Ella me lo dijo: muchas veces sufría al comprender qué distinta era la Esperanza de carne y hueso de la muñequita fabricada por él. Acabaron en un juego de escondites: ella le mentía para ponerlo a prueba, para ver si adivinaba la verdad. Se convertía en otra para él. Le armó los cuentos más inverosímiles, le dijo que era hija de Traven —soltó una carcajada—. ¡Hija! ¿Se imagina usted? Y él, por supuesto, le creía todo. El suyo es un amor confiado, leal y estúpido.

—¿Cómo fue esa historia?

—A Esperanza le gustaba ese cuento porque su papá vivió muchos años lejos de ella, en un ingenio del Istmo. Cuando era niña era muy raro que pudiera ir hasta allá: la lejanía, la revolución, los malos caminos. De todos modos fue ahí donde aprendió a montar a caballo y le agarró el gusto a cazar, a explorar la selva, a nadar. Fue él quien le enseñó.

—¿Lo conoció usted?

El otro negó:

—Nunca: lo mataron hace muchos años. Lo venadearon en el campo. A veces Esperanza hablaba de él. Era todo un personaje: un noble español, anarquista elegante que abominaba de las revoluciones pero creía en la libertad de las mujeres, en su derecho a no casarse con la madre de Esperanza, por ejemplo. Schnautz nunca quiso escuchar la verdad. Esa mentira fue la única manera de que aceptara, es un decir, las ausencias de Esperanza.

—Me llama la atención que usted esté tan enterado.

187

El alemán, gringo o lo que fuera sonrió: su cara se llenó de pliegues irónicos.

—A ella le gustaba contarme. Al principio pensé que quería ponerme celoso. Luego entendí que no: era para probar hasta dónde llegaba la confianza entre nosotros. No le gustaba mentirme. No sé si usted pueda entenderlo: a veces esos desafíos son una forma de cariño. Uno comprueba que el otro sigue ahí. No falla, no se deja disuadir. Entiende.

—¿Entonces usted también desempeñaba un papel frente a ella?

El gringo se rio, divertido:

—Eso parece, aunque lo hacía con todo mi corazón. Tal vez el amor es ese juego de máscaras, la felicidad de persuadirse de que uno por fin se muestra como es. Así, en pleno escenario, dentro de un libreto a veces muy calculado. ¿Y usted?

—No lo voy a aburrir con mi vida.

Marco quiso alzar los hombros, como si el tema no valiera la pena, pero sintió un tirón hasta el cuello. De repente el deseo de fumar volvió a apoderarse de él. El alemán sonrió, sardónico:

—¿Por qué no fuma? Aquí tiene, le regalo los míos.

Puso sobre la mesa unos oscuros, sin filtro, y se rio con genuina diversión al ver su perplejidad. Se inclinó un poco hacia él. Le habló con suavidad, amistoso:

—No vale la pena tanto tormento. Si quiere fumar, fume. Si no, no vuelva a pensarlo. No se deje atrapar: un hábito es un disfraz.

El acercamiento fue tan inesperado que se sintió en la obligación de aceptar. Logró prender el cigarro y fumó despacio, saboreando. Miró al viejo alemán que lo contemplaba sonriendo.

—Últimamente no tengo suerte con las mujeres. Tal vez debería irme de viaje y olvidarme de ellas.

—¿Por qué no? Eso que ahora le da tristeza puede ser una oportunidad. Podría embarcarse en algo que ayer ni le pasaba por la cabeza, descubrir gente, ver quién es usted si se aparta de lo conocido.

Marco le dio otro jalón al cigarro. Le pareció que los rizos del humo sugerían caras, senderos y mensajes. Dejó pasar unos instantes en silencio.

—¿Qué sabe de la muerte de Esperanza?

—¿Por qué me pregunta eso?

—Yo soy admirador de esas novelas. Cuando leí la noticia localicé a una amiga de Esperanza que también hacía traducciones. Ayer supe que se iba de viaje a Torreón.

El hombre dejó de sonreír. Marco supo que podía levantarse y dejarlo con todas sus preguntas en el aire, pero por alguna incomprensible razón prefirió quedarse. Tal vez necesitaba hablar.

—La seguían y la acosaban desde hacía tiempo. La última vez que vio al escritor él la sintió asustada y herida. Roberto y Gabriel la cuidaban mucho, pero también estaban agotados. Con trabajos la pudieron sacar del hospital antes de que la fueran a operar o a darle otro electroshock o a inyectarle... No se imagina las historias que hemos oído sobre los experimentos médicos en los campos de concentración. El escritor le propuso que se fuera con él; podían esconderse por un tiempo. Ella no acababa de decidirse. Necesitaba arreglar muchas cosas, sobre todo ponerse de acuerdo con Roberto. Se despidieron pensando que volverían a verse en uno o dos días.

Vio la mirada inquisitiva de Marco:

—Sí, el escritor estaba en México. Se quedaba en un hotelito del centro. Gabriel lo llamó en la madrugada para avisarle. Oyeron ruido; Roberto la encontró muerta, con la pistola en la mano. No estaban en condiciones para pensar; por un rato creyeron que se había suicidado; estuvieron a punto de enloquecer. Por fin se les ocurrió llamar al escritor. Cuando él llegó, entraron juntos a la recámara. Sólo entonces vieron que le habían dado un tiro en la nuca. Alguien le había disparado mientras dormía: ella no llegó a despertar. La puerta del balcón estaba entreabierta. Revisaron la recámara por si veían algo más, pero no había desorden.

»Decidieron sostener la versión del suicidio para protegerse. ¿Qué más podían hacer? No podían confiar en la policía. Al asesino no le costaría mucho volver por ellos. El escritor ha vivido siempre a salto de mata, pero los Figueroa son gente de la ciudad, acostumbrada a sus rutinas, a sus amistades y ocupaciones. El escritor sólo tuvo tiempo de sacar algunos papeles: cartas y documentos comprometedores para los anarquistas, una libreta con direcciones y teléfonos. Algunos apuntes de ella, un diario. Y las cartas que le había escrito a Esperanza. Ahora están juntas, las de ella y las de él. No soportaría que las leyera nadie más.

—¿Nadie vio al asesino?

—Nadie. Eso ya no importa. Los Figueroa están vendiendo la casa; nosotros nos vamos, cada quien con rumbos distintos. Por ahora no nos queremos arriesgar más.

Bebió lo que quedaba de su café y miró a Marco con un gesto amigable:

—Ya nos veremos.

No se dejó atrapar en ninguna despedida: se levantó y se fue.

Marco estuvo a punto de seguirlo pero necesitaba pagar la cuenta, así que pidió más café y decidió fumarse otro cigarro. La fina columna de humo se elevó muy recta al principio, antes de quebrarse en arabescos imprevistos. Quiso ser como ella: escapar del lunes siguiente, cuando tendría que cerrar el expediente de Esperanza, tal vez ir a la oficina de Andrade a informarlo en persona, responder sus preguntas, tranquilizarlo, garantizarle la discreción o la ceguera necesarios para asegurar el sopor de la oficina. Se imaginó sus próximas conversaciones con Marce, las felicitaciones por el anillo de compromiso, los detalles sobre el vestido de novia. Los comentarios de Alfredo en el frontón, contento al comprobar que nada cambia en este país. El paulatino olvido del caso, sus evasivas cuando alguien mencionara a la difunta traductora de Traven. Etcétera. Del inmenso aburrimiento que le dio su vida sólo extrañó los desayunos con Pancho. Tal vez debía interpretar como un ejemplo la ausencia del gato en los últimos días.

Aún tenía tiempo de alcanzar al alemán antes de que se fuera. Pedirle la llave de la casita. Podía cuidarla en los próximos días, aunque él tampoco fuera a quedarse tanto. Adivinó que pasaría mucho tiempo antes de que algo volviera a ser estable en su vida. Buscó con los ojos al chango, que se había trepado al flamboyán y pasaba de una rama a otra, ágil y lejos.

Al apagar el cigarro se preguntó cuál sería su siguiente nombre. No tenía ninguna prisa por inventarlo. Le pagó a la muchacha y se aventuró por el mercado; preguntó dónde podía comprarse unas botas. Iba a caminar grandes distancias en esos días: muchos caminos pasan por Cuautla.

AGRADECIMIENTOS

Aunque la protagonista de estas páginas está inspirada en la mujer que murió el 19 de septiembre de 1951, es una invención literaria, al igual que los amantes, amigos y adversarios que aquí figuran. Las noticias relacionadas con Esperanza se desvanecieron pronto, aunque dos o tres de los afectados llevaron luto durante mucho tiempo. Al cabo de unos años se dio su nombre a una escuela y a un hospital de maternidad para acabar de ocultarla tras un velo tan respetable que desalentara las preguntas.

Este libro fue escrito gracias a muchas personas que en distintos momentos platicaron conmigo, me contaron anécdotas y datos relacionados con ella o me ayudaron a imaginar la forma del relato. La fotografía de una rubia sonriente adornaba el tocador de mi abuela, quien me contó historias dispersas sobre esa intelectual, anarquista y amiga suya. Muchos años después, al empezar la investigación, encontré de nuevo esa foto: al parecer Esperanza mandó hacer muchas copias para regalárselas a amigos y parientes. Esas vaguedades empezaron a tomar una forma más definida durante una sobremesa con Iván Gomezcésar, que me habló de la huelga de Nueva Rosita. Más tarde, en caminatas con Iván Peñoñori, comprendí cómo funcionaría la narración.

Edith Negrín me habló de Traven, me prestó libros y aportó su enorme conocimiento de las novelas y de la época. Regina Santiago me contó la historia de Gonzalo de Murga. Gabriel Figueroa y Carlos Mateos repasaron conmigo viejas historias familiares; mi mamá me llevó al lugar donde vivió Esperanza, en la esquina de Avenida Coyoacán y Pilares. Mi tía Eugenia Guillén tenía mucho que contar sobre el México viejo, sobre los Mateos y sobre los Figueroa. Mi papá recuerda la historia del charro negro escondido en un rancho de Tlaxcala. Raquel Huerta-Nava me habló de la amistad entre Gabriel Figueroa y Efraín Huerta, autor de *Close-up de nuestro cine*. Sergio Soto Nájera me explicó lo que debe hacerse al hallar un cadáver y me contó cómo Bernabé Jurado sacó de la cárcel a William Burroughs. En distintos momentos, Christopher Winks y Rocío González leyeron el manuscrito e hicieron sugerencias importantes. Jesús Anaya me guió por los vericuetos del mundo editorial y contestó mil preguntas. Por fin, Martín Solares se encontró con un borrador, le tuvo paciencia y lo ayudó a crecer hasta convertirse en esta novela.

Esta obra se imprimió y encuadernó
en el mes de enero de 2015,
en los talleres de Impuls 45,
que se localizan en la
Av. Sant Julià, nº 104-112,
08400, Granollers (España)